ハヤカワ・ミステリ文庫

〈HM㊻-3〉

天使と嘘

〔上〕

マイケル・ロボサム

越前敏弥訳

早川書房

8680

日本語版翻訳権独占
早　川　書　房

©2021 Hayakawa Publishing, Inc.

GOOD GIRL, BAD GIRL

by

Michael Robotham

Copyright © 2019 by
Bookwrite Pty

Translated by
Toshiya Echizen

First published 2021 in Japan by
HAYAKAWA PUBLISHING, INC.
This book is published in Japan by
arrangement with
BOOKWRITE PTY LTD
c/o THE SOHO AGENCY
acting in conjunction with
INTERCONTINENTAL LITERARY AGENCY LTD
through TUTTLE-MORI AGENCY, INC., TOKYO.

ジョナサン・マーゴリスに捧ぐ

For want of a toy
A child was lost.

——トム・ウェイツ
"Misery is the River of the World"

天使と嘘

〔上〕

登場人物

サイラス・ヘイヴン……………………臨床心理士
イーヴィ・コーマック
　　（エンジェル・フェイス）……施設で暮らす少女
アダム・ガスリー………………………児童養護施設ラングフォード・ホールの職員
レノア（レニー）・パーヴェル………ノッティンガムシャー警察警部
アラン・エドガー………………………同部長刑事
ティモシー・ヘラー＝スミス…………同警視正
ジョディ・シーアン……………………女子フィギュアスケートのチャンピオン
ドゥーガル・シーアン…………………ジョディの父
マギー・シーアン………………………ジョディの母
フィリックス・シーアン………………ジョディの兄
ブライアン・ウィテカー………………ジョディのおじ。フィギュアスケートのコーチ
フェリシティ・ウィテカー……………ブライアンの妻
エイデン・ウィテカー…………………ブライアンの息子
タズミン・ウィテカー…………………ブライアンの娘
トビー・リース…………………………ジョディのボーイフレンド
クレイグ・ファーリー…………………クイーンズ・メディカル・センターの守衛
テリー・ボーランド……………………イーヴィの過去にかかわる人物

1

「どの子だ」わたしはのぞき窓に顔を近づけて尋ねる。

「金髪。ゆるいセーター。ひとり離れてすわってる」

「で、ここに呼んだ理由は教えてくれないのか」

「おまえの判断に影響を与えたくない」

「何を決めろって？」

「とにかく見てくれ」

わたしはティーンエイジャーの男女のグループにあらためて目をやる。ほとんどがジーンズを穿き、丈の長いトップスの袖をおろして、さまざまな自傷の痕を隠している。体に切りつける者、火傷を負う者、掻き傷を作る者のほか、過食症や拒食症の者、強迫性障害に苦しむ者、放火癖を持つ者、社会病質者（ソシオパス）、自己愛者（ナルシシスト）、注意欠陥・多動性障害（ADHD）の者もいる。食べ物や薬物に依存する者、異物を呑みこむ者、わざと壁にぶつかる者、信じがたい危険を冒す者もいる。

イーヴィ・コーマックは、床が信用できないとでも言いたげに両膝を引きあげて腰かけている。不機嫌そうに口もとをゆがめた顔は美しく、十八歳にも十四歳にも見える。まだ大人の女というわけでもなく、子供時代に別れを告げようとしている少女でもなく、最悪の事態を乗り越えて生き延びてきたかのような、年齢不詳で揺るぎないところがある。褐色の目は豊かなまつ毛にふちどられ、漂白した髪は毛先の不ぞろいなボブカットだ。セーターの両袖を強く握りしめているので、襟ぐりが引っ張られて、顎の下にキスマークなのか指の跡なのか、赤いあざか何かが点々と浮かんでいるのが見える。

わたしの隣に立つアダム・ガスリーが、イーヴィをトワイクロス動物園の新参動物のように見つめている。

「あの子はなぜここに？」わたしは尋ねる。

「今回のおもな問題は加重暴行だ。割れた煉瓦で相手の顎を砕いた」

「**今回の**？」

「これまでにも何回かあってね」

「何回だ」

「言うほどでもない」

軽口めかして、わざとごまかすつもりなのか。ここはノッティンガムにある警備体制の整った児童養護施設、ラングフォード・ホールで、ガスリーは住みこみのソーシャルワーカーだ。ラグビーのジャージにゆるいジーンズ、コンバットブーツというでたちで、〝仲間〟に見せようとむなしい努力をしている。妻と住宅ローンと子供ふたりをかかえて薄給で働く下っ端公務員ではなく、未成年者の非行に理解のある人間に見せようとしているわけだ。ガスリーとわたしは大学の同窓生で、当時は同じ寮に住んでいた。友達より顔見知りと言ったほうが近いが、ガスリーが結婚したときに式に参加して、花嫁の付き添いのひとりと寝た。そのときは、それがガスリーのいちばん下の妹だとは知らなかった。たいしたことじゃあるまい？　よくわからないが、いまのところはガスリーから恨まれていない。

「行けるか」

わたしはうなずく。

わたしとガスリーが部屋にはいり、椅子に腰かけて、ティーンエイジャーの輪に加わると、疑いと退屈の入り混じった目がいっせいにこちらへ向けられる。

「きょうはお客さんが来てる」ガスリーが言う。「名前はサイラス・ヘイヴン」

「だあれ?」女の子のひとりが質問する。

「臨床心理士だ」わたしは答える。

「まただ!」その子が顔をしかめて言う。

「サイラスは見学にきたんだよ」

「あたしたちを? それともあんたを?」

「両方だな」

わたしはイーヴィの反応をうかがう。ぼんやりとわたしに目を向けている。

ガスリーが脚を組むと、ズボンの裾がずりあがって、つるりとした青白い足首がのぞく。陽気な太っちょで、何かをはじめるとき、楽しみが待ち受けていないかと考えて揉み手をするタイプの男だ。

「自己紹介からはじめようか。ひとりずつ名前を言って、出身と、ここにいる理由をサイラスに説明してもらいたい。だれから行く?」

だれも返事をしない。

「アラナ、どうかな」

指名された女の子が首を横に振る。わたしの真向かいにイーヴィがすわっている。わたしの視線に気づいている。

「ホリーはどう？」ガスリーが尋ねる。

「やだ」

「イーヴィは？」

返事がない。

「きょうはこの前より着てる服が多くてほっとしたよ」ガスリーが言う。「きみもだ、ホリー」

イーヴィが鼻で笑う。

「あれは合法的な抗議よ」ホリーが勢いこんで主張する。「白人男性優位のこの収容所にはびこる時代遅れの階級差別、性差別への抗議だったんだけど」

「同志よ、感謝する」ガスリーが皮肉をこめて言う。「きみからはじめてもらえるかな、ネイサン」

「ネイサンって呼ぶのはやめてくれ」額に吹き出物のある、ひょろりと背の高い男の子が言う。

「なんて呼んだらいい？」

「ナット」

「〝変人〟って意味だよね？」イーヴィが尋ねる。

青年が綴りを説明する。「N、U、Tじゃなくて、N、A、T」

ガスリーがポケットから小さな編みぐるみのテディベアを取り出して、ナットへほうる。

「じゃあ、きみから。いいかい、この熊を持ってる人に発言権があるんだ。ほかの人は口をはさまないこと」

ナットがテディベアを腿の上ではずませる。

「出身はシェフィールド。ここに来た理由は、隣に住んでるやつがワーゲンのドアをロックしないで停めてたんで、車のなかでクソしてやったから」

忍び笑いがあちこちから聞こえる。イーヴィはそれに加わらない。

「なぜそんな真似を？」ガスリーが訊く。

ナットは涼しい顔で肩をすくめる。「おもしれえから」

「運転席にやったの？」ホリーが尋ねる。

「ああ、もちろん。ほかにどこでやれって？　あのクソばかが警察に言いつけやがったんで、仲間とおれで焼きを入れてやった」

「悪いことをしたと思ってるかい」ガスリーが尋ねる。

「あんまり」

「被害者は頭に金属のプレートを入れることになったんだぞ」

「まあね。でも、保険をかけてたし、慰謝料もはいったろ。うちの母親は金を払うしかなかった。おれに言わせりゃ、あのクソばかは儲けたんだよ」

ガスリーは言い返しかけるが、無駄だと悟ったのか、思いとどまる。

テディベアがノッティンガム出身のリーバーへとまわされる。痛々しいほど痩せた女の子で、父親が無理やり食べさせようとするのに抗って、みずから唇を縫い合わせたことがあるという。

「食べさせるって何を?」別の女の子が尋ねる。すわると左右の膝が開いてしまうくらい太っている。

「食べ物」

「どんなの?」

「バースデーケーキ」

「あんた、ばかだね」

ガスリーが口をはさむ。「人を攻撃するのはやめよう、コーディリア。話していいのは、テディベアを持ってる人だけだ」

「じゃあ、こっちへよこして」コーディリアがリーバーの膝から編みぐるみを奪いとって言う。

「ちょっと！　まだ終わってないんだけど」

ふたりはしばらく揉めていて、ガスリーがとりなしたものの、リーバーはもう何を言いたかったのかを忘れている。

テディベアはつぎの膝に移っている。「あたしはコーディリア、リーズ出身。むかつくやつがいたら、当然戦う。思い知らせてやるんだ」

「怒るってこと？」ガスリーが尋ねる。

「そう」

「どんなことに怒る？」

「〝でぶ〟って呼ばれたとき」

「だって、でぶだし」イーヴィが言う。

「うっせえ！」コーディリアがいきなり立ちあがって叫ぶ。体の大きさがイーヴィの二倍ある。「もういっぺん言ってみな。ぼっこぼこにしてやる」

ガスリーがふたりのあいだにはいっている。「謝りなさい、イーヴィ」

イーヴィがにっこり笑う。「〝でぶ〟って言ってごめん、コーディリア。痩せたと思うよ。めちゃくちゃ華奢に見える」

「それってどういう意味？」コーディリアが尋ねる。

「がりがりだってこと」

「むっかつく！」

「さあ、そこまでだ」ガスリーが言う。「コーディリア、きみがここに来た理由は？」

「ませてたんだよ」コーディリアが言う。「処女じゃなくなったのは十一のとき。何人もの男と寝たし、女とも寝て、さんざんマリファナをやった。ヘロインを試したのは十二のときで、コカインは十三」

イーヴィが目玉をまわす。

コーディリアがにらみつける。「ママに通報されて、だから床磨きの洗剤を飲ましてやった」

「お母さんに罰を？」ガスリーが訊く。

「かもね」コーディリアは言う。「実験みたいなものだったんだ。どうなるのか見てみたかったっていうか」

「成功した？」ナットが尋ねる。

「ううん」コーディリアは答える。「スープの味が変だって言って、残したから。ゲロ吐いて、おしまい」

「そういうときはトリカブトを使わなきゃ」ナットが言う。

「何、それ？」

「植物。前に話を聞いたことがあってさ、トリカブトの葉っぱをさわって死んだ庭師がいたらしい」

「ママはガーデニングが好きじゃないんだ」コーディリアはずれた返事をする。

ガスリーがイーヴィにテディベアをまわす。「きみの番だ」

「やだよ」

「どうして？」

「あたしの人生には、話すほどのことなんかないから」

「そんなことはない」

イーヴィはため息をつくと、両肘を膝の上に載せて身を乗り出し、両手でテディベアを握りしめる。口調が変わる。

「父はベルギー出身のどこまでも向上心の強いパン屋で、軽い睡眠発作症と肛門性交の趣味があった。母は十五歳のクロエというフランス人の娼婦で、足に水かきが……」

わたしは声をあげて笑う。全員の視線が集まる。

「〈オースティン・パワーズ〉だ」わたしは説明する。

よけいにぽかんとした目で見つめられる。

「映画だよ……マイク・マイヤーズが……ドクター・イーブル役でね」

それでも反応はない。

イーヴィがスコットランド訛りのしゃがれた声で言う。「まず訊きたい。便所はどこだ？　クソがもう頭を出しはじめてるんだが」

「続篇に出てきたでぶ野郎（ファット・バスタード）だ」わたしは言う。

イーヴィが微笑む。わたしが混乱に拍車をかけているとでも言いたいのか、ガスリーはわたしに苛立っている。

ガスリーはつぎの女の子に声をかける。髪をひと束だけ青く染め、耳と眉と鼻にピアスをしている。

「セリーナ、ここへ来た理由は？」

「うーん、長くなるよ」

不満の声が四方からあがる。

セリーナは人生の一幕を語りはじめる。十六歳で交換留学生としてアメリカへ渡り、オハイオでホームステイをしたとき、ホストファミリーの息子が殺人罪で服役中だった。息子に面会にいくようホストファミリーは二週間ごとにセリーナに強要し、その際には思いっきりセクシーな服を着せた。スカート丈の短いワンピース。胸もとが大きくあいたトップス。

「息子はガラスの向こうにいて、その父親があたしにずっと言うわけ。前かがみになって、おっぱいを見せてやってくれって」

イーヴィが曲げた腕で口もとを隠して、短く息を吐く。〝うっそぉ！〟と聞こえる。

セリーナはじろりとそっちを見るが、先をつづける。「その夜、寝てたら、その父親が部屋にはいってきてあたしをレイプしたの。こわくてたまんなくて、あたしの親には話せなかったし、警察に通報もできなかった。故郷から何千キロも離れた外国に、たったひとりでいたんだもの」同情を期待して、ぐるりとグループを見まわす。

イーヴィがまた短く息を吐き――さっきと同じ音を立てる。

セリーナは無視を決めこむ。

「帰国して、あたしは問題をかかえるようになった――お酒と自傷のね。親はあたしをセラピストのところへかよわせた。はじめはほんとにいい人だと思ったけど、そいつもレイプしようとしたんだ」

「もううんざり！」イーヴィがそう言って、不快そうに大きく息を吐く。

「ここは人を批判する場所じゃないんだ」ガスリーが諭す。

「けど、その子の話、でたらめだよ。嘘を言い合ってなんの意味があるわけ？」

「だまってて！」セリーナが叫んで、イーヴィに中指を立てる。

「そっちこそ！」イーヴィが言う。

セリーナが勢いよく立ちあがる。「この化け物！　みんな知ってんだから」

「すわって」ガスリーがふたりを引き離そうとする。

「あたしのことを嘘つき呼ばわりしたんだよ」セリーナが訴える。

「ちがうよ」イーヴィが言う。「あんたのことを頭のいかれた嘘つき呼ばわりしたんだ」

セリーナはガスリーの腕をくぐり抜けて突き進み、すわっていたイーヴィを突き倒す。ふたりは床で取っ組み合うが、イーヴィはパンチをかわしながら笑っている。

警報が鳴り、何人かの警備員がグループセラピー室に駆けこんできて、セリーナを引き剝がす。ほかの若者は自分の部屋へもどるよう指示され、イーヴィだけがその場に残される。ほこりを払いつつ、イーヴィは唇の端に手でふれ、血のついた親指と人差し指をこすり合わせる。

わたしはイーヴィにティッシュを一枚渡す。「だいじょうぶか」

「平気。いかにも女の子ってパンチだし」

「その首、どうしたんだ」

「だれかがあたしを絞め殺そうとした」

「なぜ？」

「そういう顔してるから」

わたしは椅子を引き起こして、イーヴィに腰かけるよう手ぶりで示す。イーヴィがすわって脚を組むと、足首に巻かれた電子タグがあらわになる。

「なぜそんなものをつけてるんだ」

「逃げるって思われてるから」

「その気はあるのか」

イーヴィは人差し指を唇にあてて、シーッと合図する。

「チャンスがあればすぐにね」

2

ガスリーと待ち合わせたのは〈鉄の男〉というパブで、その名は近くにあったスタントン製鉄所にちなんでいるが、製鉄所自体はもう何年も前に閉鎖された。ガスリーはスツールに浅くすわって、空になったパイントグラスの両側に肘を突き、つぎのグラスにビールが注がれるのを見やっている。

「ここの常連なのか」わたしは隣に腰をおろして尋ねる。

「おれの避難所だ」ガスリーが答える。指がぽってりとして青白く、三連の結婚指輪がはまっている。

バーテンダーがわたしに注文を訊く。わたしが首を横に振ると、ガスリーはひとりで飲むことになって残念そうな顔をする。その背後に見えるラウンジにはビリヤード台がひとつとスロットマシンが数台置かれ、遊園地のアトラクション並みのにぎやかな音と光を放っている。

「元気そうだな」わたしは言う。嘘だ。「結婚生活はどうだ」

「すごいよ、最高だ。おかげでぶくぶく太る」ガスリーは腹を軽く叩く。「おまえも試すといい」

「ぶくぶく太るのを？」

「結婚をだよ」

「子供たちは元気か」

「雑草みたいに育ってる。いまはふたり、男の子と女の子で、八つと五つだ」

ガスリーの妻の名前は思い出せないが、東欧の出身で訛りが強かったことと、大失敗に終わった工作の宿題のようなウェディングドレスを着ていたことは覚えている。ガスリーがロンドンの英語学校で非常勤講師をしていたときに出会ったらしい。

「イーヴィをどう思った？」ガスリーが尋ねる。

「強烈な魅力があるよ」

「あの子はあれの仲間だ」

「あれの仲間って？」

「嘘を見抜ける人間」

わたしは笑いをこらえる。ガスリーは心外だという顔をする。

「さっき見ただろ？　人が嘘をつくとわかるんだ。〝真実の魔術師〟だよ――おまえがそう書いてたじゃないか」

「まさかあの論文を読んだのか」

「ああ、隅から隅まで」

わたしは眉をひそめる。「書いたのは八年前だぞ」

「公開されてる」

「それに、真実の魔術師などいないというのが結論だった」

「いや、おまえはこう書いてたよ。人口のごくわずかだけ――五百人にひとりくらいの割合で――存在し、特にすぐれた者は八十パーセントの的中率を誇る。感情に左右されず、対象への知識不足も物ともせずにその技術を大きく伸ばせる者、より確度の高い者もいる、とも書いてあった」

驚いたな、ほんとうに読んでいる！

この話を終わらせて、ガスリーに思いちがいだと告げてやりたい。真実の魔術師について、わたしは二年かけて調査した。文献を読み、研究の結果を考察し、三千人以上の志願者に対して検査をおこなった。イーヴィ・コーマックの若さで、真実の魔術師であるはずがない。ふつうは中年以上の者であり、たとえば刑事、判事、弁護士、臨床心理士、諜報部員などの仕事で得た経験を生かせる。ティーンエイジャーは鏡をのぞいたりスマートフォンを見たりするのに忙しく、感知しがたいほど微妙な表情の変化や、しぐさや口調の揺らぎに気づかない。

ガスリーはわたしが答えるのを待っている。

「たぶん、きみは勘ちがいをしている」

「しかし、イーヴィがやってのけたのをおまえもその目で見たろ」

「すごく頭がよくて、人を操るのがうまい器用な子だ」

ガスリーはため息をついて、半分空いたグラスをのぞきこむ。「これもあの子のせいなんだ」

「何が?」

「酒だよ。医者に言わせると、おれは六十歳の体なんだと。高血圧で、心臓のまわりに脂肪組織が集まりすぎてて、肝硬変の一歩手前らしい」

「それがなぜイーヴィのせいだと?」

「あの子と話すたびに、縮こまって泣きたくなる。今年のはじめに二カ月休みをとって——ストレス休暇ってところだが——それでもよくならなかった。いま女房から脅されててね。夫婦カウンセリングを受診しなきゃ、家を出ていくって。そのことはだれにも話さなかったのに、なぜかイーヴィは知ってたのさ」

「どうやって？」

「どうやってだと思う？」ガスリーはわたしの答を待たずにつづける。「信じてくれ、サイラス。イーヴィには相手が嘘をついてるのがわかるんだ」

「仮にそうだとしても、わたしがここに呼ばれた理由がわからない」

「おまえならあの子を助けてやれる」

「どうやって？」

「イーヴィは退所を裁判所に申請したんだが、まだラングフォード・ホールを出られる状態じゃない。失読症。社会性の欠如。それに攻撃的だ。友達がひとりもいない。訪ねてくる者もない。自分自身に対しても他者に対しても危険なんだ」

「十八歳なら、出ていく権利はたしかにある」

ガスリーはためらい、襟を引っ張って首もとをゆるめる。

「ほんとうの年齢をだれも知らないんだよ」

「どういうことだ」

「出生に関する記録がまったくない」

わたしは目をしばたたく。「何かあるはずだ――病院の記録とか、助産師の報告書とか、学校の在籍簿とか……」

「ないんだよ、ひとつも」

「信じられない」

ガスリーはゆっくりとビールを飲み干したのち、バーテンダーに手ぶりでもう一杯注文する。それから、声を落としてささやくように言う。「これから話すことは極秘だ。機密事項だからな。ひとことも漏らすな」

わたしは笑いそうになる。ガスリーほどスパイの似合わない男が歴史上に存在しただろうか。

「まじめに言ってるんだ、サイラス」

「わかった、わかった」

ビールが届く。ガスリーはそれを厚紙のコースターに載せ、声が聞こえないところまでバーテンダーが遠ざかるのを待つ。窓からひと筋の陽光が差しこんでいる。空中に塵が漂って、教会めいた雰囲気が醸し出され、このパブは告白の場となる。

「イーヴィは箱のなかの少女だ」

「というと?」

「エンジェル・フェイスだよ」

なんの話なのかすぐにわかったが、訊き返さずにいられない。「そんなばかな」

「ほんとうだ」

「でも、あの事件は……」

「六年前だ」

わたしは事件の顚末を思い出す。ロンドン北部で、ある民家の隠し部屋で生きていたひとりの少女が発見された。十一、二歳と推察されたが、体重はその半分の年ごろの子供より少なかった。髪が伸び放題で目つきが鋭く、野生の動物さながらで人間よりむしろ獣に近く、オオカミに育てられたと言っても通りそうだった。

少女が隠れていた場所からほんの一、二メートルのところで、少し前に警察が男の腐乱死体を発見した。男は椅子にまっすぐすわった姿勢で、拷問を受けて死んでいた。少女は何カ月も死体のそばで暮らし、こっそり外へ出て食べ物を盗んでは、庭の犬小屋で飼われていた二匹の犬にもそれを分け与えていた。

いくつかの映像が世界じゅうに広まった。非番の特別巡査が小さな子供を抱いて病院のドアを通り抜ける姿をとらえたものだ。少女はほかのだれにも体に手をふれさせようとせず、ことばを発するのは、食べ物を求めるときと、犬は元気かと尋ねるときだけだった。名前が必要だったため、看護師たちは少女を〝天使の顔(エンジェル・フェイス)〟と名づけた。囚われの少女にについての詳報が何週間もニュースの時間に流れつづけた。だれもが疑問をいだいた。あの子は何者だろう。どこの子だろう。どうやって生き延びたんだろう。

ガスリーはわたしの理解が追いつくのを待っている。

「ついに身元がわからなかった」ガスリーは説明する。「警察はあらゆる手を試みた。行方不明者の記録、DNA、X線による骨格写真、安定同位体……。世界じゅうに彼女の写真を公開したが、何ひとつ成果がなかった」

ひとりの子供がどこからともなく現れて――出生についてもその後の日々についてもまったく記録がないなどということがありうるだろうか。

ガスリーはつづける。「彼女は裁判所の被後見人となり、新しい名前を与えられた――イーヴィ・コーマックだ。内務大臣命令の第三十九条が適用され、素性および居住地を明かすことも、写真や動画を撮ることも禁じられてる」

「この話を知っているのは？」

「ラングフォード・ホールじゃ――おれだけだ」

「イーヴィはなぜここに？」

「ほかに行くところがないからさ」

「よくわからないな」

「いろんな里親に預けられたものの、どこへ行っても逃げ出すか、送り返されてきた。これまでに担当となったケースワーカーが四人、臨床心理士が三人で、ソーシャルワーカーが何人だったのかは神のみぞ知る。おれが最後に残ったひとりってわけだ」

「精神の健康状態は？」

「バルタザールからウィンズロウまで、あらゆる心理検査をクリアした」

ガスリーはビールを数センチぶん飲んで、カウンターへ目を走らせる。

「なぜ自分が呼ばれたか、まだ理由がわからないんだが」

「さっきも言ったが、イーヴィは裁判所の被後見人なんだ。福祉に関する重要な決定はすべて高等法院がくだし、地方自治体が日々の生活を監督する。二カ月前、イーヴィは成人認定を申請した」

「十八歳だと認められたら、すべての権利が具わる」

ガスリーは訴えるような目で見る。「イーヴィは本人にとっても他人にとっても危険な存在だよ。もし認められたら……」最後まで言うことができず、肩をすくめる。「あの子がどれほどの能力を持ってるかわかるか」

「超がつくほどの力だとでも言いたげだな」

「そのとおりだ」ガスリーがまじめな声で言う。

「大げさな」

「おまえもさっき、がつんとやられたろ」

「勘が鋭いからって真実の魔術師というわけじゃない」

ガスリーは見損なったとでも言いたげに眉を吊りあげる。

「こっちに押しつけようって魂胆だろ」

「ぜひそうしたいね」ガスリーが言う。「だけど、そういうことじゃない。おまえならあの子の力になれると本気で思ったんだよ。だれもが失敗した」

「イーヴィは一度も話していないのか、自分の身に——つまり、その家のなかで何が起こったかを」

「話してない。本人によると、過去も家族も記憶もないらしい」

「目をそらしているんだ」

「かもな。そして嘘をつき、ぼかす。煙幕を張って、誤った方向へ導く。あの子は悪夢そのものだ」

「真実の魔術師だとは思わない」わたしは言う。

「わかったよ」

「見せてもらえる資料は？」

「あとで渡す。以前の情報の一部は、新たな身元を保護するために変更されてる」

「だれかの顎を砕いたとさっき聞いたが、その相手ってのは？」わたしは尋ねる。

「男性職員がイーヴィの部屋で二千ポンドを見つけた。で、盗んだ金だと考えて、警察に渡すと言って取りあげたんだ」

「それで？」

「その男が嘘をついてることをイーヴィは見抜いた」

「イーヴィはその金をどこで手に入れたんだ」

「ポーカーで勝ったと言ってたよ」

「そんなことがありうるのか」

「おれならイーヴィが負けるほうにはぜったいに賭けない」

3　エンジェル・フェイス

喫煙について計算するのは楽しい。診療所で見たポスターによると、煙草一本ごとに命が十四分縮む。一本吸うのにかかる時間は六分だから、合わせると二十分。三本で一時間。こういう数遊びが好きだ。

自分に許されてるのは一日に四本だけで、しかも中庭に出て吸わなくちゃいけない。それを職員が見張ってて、あたしが放火する気を起こすとまずいから、使い終わったらすぐにライターを取りあげようと待ちかまえてる。

フィルターから思いっきり吸いこんだ煙を胸にためながら、有害な化学物質と黒いタールが左右の肺をべったりと覆い、癌や肺気腫を引き起こしたり、歯をむしばんだりする様子を思い浮かべる。ゆるやかな死だとも言えるけど、でも、それが人生なんじゃない？――つまり、長ったらしい自殺だってこと。

ベンチにすわってると、インディゴブルーの破れたリーバイスのジーンズ（〈プライマーク〉で盗んだやつ〉を通して、コンクリートの冷たさが感じられる。擦り切れてほつれた穴のひとつに人差し指を突っこんで、穴を縫い目までひろげる。親指で太腿を強く押し、離すと肌の青白いところに血がもどってくる。裸足だけど、冷たくない。もっと冷たい場所にいたことがあるから。そのときはもっと薄着だったから。

片足を膝に載せて、ペディキュアを落としはじめる。色が気に入らなくなったからだ。女の子っぽすぎる。ばかっぽいし。もうぜったいにパステルカラーなんか塗らない——ピンクとか薄紫とか。前に黒を試したときは、爪の病気みたいに見えたけど。

さっきのグループセッションについて考える。ガスリーがお客を連れてきた——サイラスなんて変な名前の臨床心理士だ。おじさんにしては——三十は超えていた——いい男で、髪は黒っぽくてふさふさ、緑の目はさびしそうで、ホームシックか、大切な人に会えずにいるみたいだった。口数は少なかったけど、目と耳をしっかり働かせてた。たいていの男の人はしゃべりすぎで、人の話をろくに聞かない。自分の話をするか、命令するか、決めつけるかだ。冷たい目や物ほしげな目をした人ばかりで、さびしそうな目の人はめったにいない。

ダヴィーナが窓をノックして、ドレッドヘアを揺らす。「だれと話してるの、イーヴィ」

「別にだれとも」

「もう中にはいって」

「まだ途中なんだけど」

ダヴィーナは何人かいる〝寮母〟のひとりで、その呼び名からするとラングフォード・ホールは寄宿学校みたいに聞こえるけど、実際には〝重警備児童拘束施設〟とでも呼んだほうがいい。つまり監獄だ。ドアには錠がついてるし、防犯カメラが廊下を見張ってて、もしいまあたしが逃げようとしたら、三人組の〝監視抑制〟班が地面に組み伏せて、クリスマスの七面鳥そっくりに縛りあげるだろう。

ダヴィーナがまたガラス窓をノックして、食べるしぐさをする。昼食の準備ができたらしい。

「お腹すいてない」

「食べなきゃだめ」

「気分がよくないんだ」

「またレッドカードをもらいたい？」

素行が悪かったり職員に悪態をついたりすると、レッドカードを出される。あたしはもう一枚ももらえない。出されたら、日曜日の外出に参加できなくなるからだ。今週はシネワールドへ映画を観にいくことになってる。暗闇にすわって、あたたかいポップコーンがはいった容器を太腿のあいだにはさみ、目の前で他人のみじめな人生がひろがるのをながめてるあいだは、いつも自分の人生のほうがましに思える。

逆の意味のグリーンカードなんか、だれにも出されない。癌を治すとか、世界に平和をもたらすとか、裸でシャワーを浴びてる姿をミセス・ポーターに見せるとかすれば別だけど。もちろん、女の子限定だ――ミセス・ポーターは男の子をそういう目で見ない。

煉瓦の壁に煙草を押しつけ、火花がきらめいてまた小さくなるのを見つめたあと、ぬかるんだ庭へ吸い殻をほうる。ダヴィーナが窓を軽く叩く。あたしは目玉をまわしてみせる。ダヴィーナは指を強く押しつける。こっちは吸い殻を拾いあげて〝これで満足？〟と口の動きで伝えたあと、吸い殻を口にほうりこみ、噛み砕いて呑みこむ。口を大きく開いてみせる。何もない。

ダヴィーナはうんざりした顔で、首を左右に振る。

あたしは部屋に引っこんで歯を磨き、マスカラとファンデーションを塗りなおしてそばかすを隠す。食事に十五分遅れないかぎり、もう一発を食らうことはない。食堂に着くと、ほとんどの子はもうすぐ食べ終えるところだ。退屈だとお腹がすく。食堂のなかは焼いたチーズとゆですぎた芽キャベツのにおいがする。あたしはトレイを一枚手にとって、あたたかい料理のコーナーを素通りし、カップ入りのヨーグルトをふたつ、バナナを一本、ミューズリーをひと箱載せる。

「それは朝食用」給仕係の女が言う。

「朝食を食べてないの」

「それってだれのせい？」係はミューズリーを取りあげる。

あたしはすわる場所を探す。空席に目をつけると、だれかがさっと来てあたしがすわれないようにする。全員参加のゲームだ。やがて、反応が鈍い女の子がひとりいて、あたしが先に席をとる。

「化け物！」女の子が小声で言う。

「どうもありがとう」

「レズ！」

「どうもご親切に」

「とろいやつ」

「どういたしまして」

カップの蓋を剝がし、ヨーグルトをスプーンですくって口へ運んだあと、スプーンを裏返して、へこんだほうを舌でなめる。背中の後ろでだれかが動いてるのに気づき、トレイをひっくり返されないように、片腕でかかえるようにして押さえる。

料理に唾を吐かれたり、鼻くそを落とされたりするのは防ぎようがないけど、そういうことは最近あまりない。みんな、あたしをこわがってるからだ。それは職員たちも同じで、特にミセス・ポーターはあたしのことを〝あの悪魔の子〟と呼ぶ。

悪口を言われても気にならないのは、どの職員よりもあたし自身が自分にきつくあたってるからだ。ここまであたしのことをきらってる人はいない。自分の体がきらいだ。自分の考えもきらい。あたしは醜くて、ばかで、穢れてる。欠陥品だ。あたしを必要とする人なんか、この先も現れない。

悪い子は吠える。悪い子は笑う。悪い子は勝つ。

4

沈みかけた太陽。秋の冷気。パークサイドをジグザグに走ってゲートを抜け、ウラトン・パークにはいると、ここが鹿の出産エリアであることや、犬のリードをはずしてはいけないことを伝える標識が目に留まる。空高くを飛ぶいくつかのジェット機が、空の端から端まで白い筋を描いている。

葉を失った木々のトンネルをジョギングしていると、アスファルトの道がベルトコンベヤーのように足の下を流れていく。あらゆるものが近づいては消える──公園のベンチも、花壇も、歩行者も、自転車に乗った人々も。わたしは湖のまわりを走って二周したあと、この公園の名前の由来となったエリザベス朝様式の館へ向かって坂をのぼる。かつてはウラトン・ホールの威容に息を呑んだものだが、いまとなってはこれ見よがしに思えて飽き飽きしている。

公園の東の入口へ向かう菩提樹の並木道で、草を食む鹿たちのそばを通り過ぎると、鹿は口を動かすのをやめて頭をもたげる。右腰がうずくように痛むが、そのほうが集中できてありがたい。ジョギングパンツに赤いキルトのウィンドブレーカー、毛糸の帽子に軽量ランニングシューズという恰好で、ゆったりしたリズムを保って進み、ミドルトン・ブールバードで折り返して、もと来た道をたどって公園をもどっていく。

わたしにとって、走ることにはさまざまな意味がある。静けさ。孤独。罰。生き残り。自分が操れない問題ばかりの世界でも、どうすべきかを体に命じることができ、体は可能なかぎり命令に従う。走っているあいだは、思考がより明晰になる。走りながら、わたしは動きの速すぎる惑星に遅れずについていく自分を思い浮かべる。

イーヴィ・コーマックのことを考える。こまごました情報がさらに頭によみがえる。イーヴィは二階寝室のウォークイン・クロゼットの奥に作られた隠し部屋で見つかった。ロンドン北部にあったその家の賃借人は、テリー・ボーランドというけちな犯罪者だった。ボーランドはその六週間前に、同じ寝室で遺体となって発見されていた。首と額に巻かれたベルトで椅子に縛りつけられていた。犯人は点眼器を使ってボーランドの両耳に酸を垂らし、時間をかけて鼓膜を焼いて、蝸牛と聴神経を破壊した。耳が聞こえなくなると、こんどは金属の棒をトーチランプで熱し、その棒でまぶたと角膜を焼いて、ついには眼窩のなかで眼球を煮立たせた。それをわたしが覚えているのは、タブロイド紙が悪趣味にも隅々まで書き立てていたからだ。

殺人事件の捜査がつづくなか、エンジェル・フェイスが隠し部屋から現れた。看護師たちが汚物を拭きとって髪を洗ってやると、血の気のない妖精のような顔の生き物が現れた。顔にそばかすがあり、濃い茶色の目を持つその子供は、まだ幼くて自分の身の上を覚えていなかった。

その後何日も、少女のニュースが話題を独占した。国じゅうの人間が親代わりにでもなったかのように、夜の食卓で、ホテルのバーで、裏庭の柵の両側で、スーパーマーケットの行列で、少女の行く末について語り合った。広く世間の興味を引いた事件で、新聞各紙は潤い、養子にしたいという申し出が数多く寄せられた。

メディアの大騒ぎの中心にいるのがどういうことなのか、わたしはよく知っている。自分も生き残りだったから――両親と妹たちを殺された迷える少年だったからだ。あれもこれも似たような経験をしたし、映画だとしたら最後のクレジットまで観つくした。ガスリーがわたしを頼ってきたのは、そういう理由もあってのことだろうか。

最後はスピードをあげて走り、正面ゲートに到着すると、息があがっているので手首を固定して、腕時計をたしかめる。自己ベストまであと四十秒。わたしは結果に満足する。

ゲートの掛け金をはずして小道を進み、高さのあるせまい家屋へ向かう。先祖から受け継いだ家だ。かつての所有者である祖父母は数年前に南海岸へ退いた。ウェイマスのつつましい平屋建ての家へ移るほうが、寝室が六つあって、幽霊が出るか、屋根裏に頭のおかしな女が住んでいてもおかしくない第二級指定建造物に住みつづけるよりましだと考えたのだろう。当時すでに朽ちかけていたが、いまや崩壊寸前だ——都市の退廃を具現した傑作とでも言おうか。

一階には大きな張り出し窓がふたつと、彫刻の施された美しいドアがひとつある。縦溝の刻まれた半柱が支えるそのドアには、鉛桟のステンドグラスが嵌めこまれ、しかるべき角度からの日差しを受けると、廊下の敷物に赤や緑の模様が浮かびあがる。横手に車庫があり、ツタにほぼ完全に覆われている。奥の石壁の向こうには、老木の林に守られた手つかずの草地があり、ウラトン・パークの静かな一画を成している。

子供のころは、この家の小部屋や物陰や抜け穴を隅々まで知りつくしていた。兄や妹たちと探検したものだ。かくれんぼはもちろん、架空の拳銃や剣、地下牢やドラゴンが出てくる遊びもたくさんした。床をどろどろの溶岩に見立てたり、一面を蜘蛛が覆っていると想像したりして、落ちないように家具から家具へ跳び移る練習もした。その家がいまはわたしのものだ。わたしの相続財産であり、宮殿であり、過去との最後のつながりである。

ときおり不動産屋や開発業者がドアをノックしたり、郵便受けから名刺を押し入れたりして、この家を売れと説得にやってくる。一度うっかりその手合いを中へ通してしまった。男は明るい居間と予備のキッチンと植物室について話しはじめ、相場と割引条件を提示した。

「いまは金鉱の上にお住まいなんですよ」男は言った。「ですが、早急に行動を起こす必要がありますね、売りどきを逃す前に」

〝この家が崩れ落ちる前に〟と言ってもらいたかったものだ。

わたしは合い鍵をとろうと、植木鉢の下へ手を伸ばす。頭をあげると、屋敷の向こう側に覆面警察車が停まっているのが目に留まる。そうだとわかったのは、ルーフから無線のアンテナが突き出ていて、運転席に角張った顔の無骨そうな男がいるからだ。

ドアの錠をあけて、キッチンへ向かう。天井が高く大きな空間で、使いこんだ木のテーブルがひとつと、それと不釣り合いな木の椅子が数脚置かれている。わたしは蛇口からグラスに水を注ぐ。

玄関の呼び鈴が鳴る。顎から水がしたたり落ちる。どちらもなかったことにしたいが、そういうわけにもいかない。

ステンドグラスの向こうの影は、形の崩れたスーツを着た刑事だ。いや、崩れているのは体の線だろうか。中背で腕が短く、髪が逆立っている。

「お邪魔してすみません。事前に連絡を差しあげようとしたんですが、こちらの電話番号をわかる者がいなくて」

「電話はありません」

「いまどき電話をお持ちではないと?」

「ポケットベルがあります」

精神に問題でもあるのではないかと言いたげに、男は横目でこちらを見る。

わたしは体の向きを変え、廊下を進む。男は自己紹介をしながらついてくる。

「アラン・エドガー部長刑事です。レニーから指示を受けて、あなたを迎えにきました」

「レニーと呼んでいるんですか」

ばつが悪そうに、男がわたしを見る。「いえ、パーヴェル警部と」

わたしはもう一杯水を飲む。静けさが相手の神経にさわる。

「昨夜から行方がわからなくなっていた少女の遺体が発見されまして」

「場所は?」

「クリフトンです……歩道のそばで」

わたしはグラスをすすいで、水切り棚に置く。

「シャワーを浴びたいんですが」

「車で待っています」この家がいつ崩れてもおかしくないと言わんばかりに、刑事は天井にちらっと目をやりながら言う。

わたしは二階のバスルームで服を脱いで、蛇口を開く。水道管が震えて立てる音を聞きながら、水が流れてシャワーヘッドからとどろきとともに吐き出されるのを待つ。わたしを試すかのように水が冷たいままの日もあれば、罰するかのように煮えたぎる湯が出る日もあるが、配管工を呼ぶたびに、加熱システムをまるごと取り払って、とんでもなく高価な新品の装備を設置するよう勧められる。

湯が出てくる。きょう一日はまた清潔でいられる。

穿き古したジーンズに綿ネルのシャツ、オリーブグリーンのアーミーコートを身に着けたのち、ポケットにリップクリーム、鍵束、チューインガム、クリップで留めた紙幣を詰めこむ。わたしには、気にかけるペットも、水をやる植物も、守るべき約束もない。

エドガー部長刑事がわたしのために車のドアをあける。仲間うちでは〝ポー〟と呼ばれているのだろうか。世のなかには、もっとひどいあだ名もある。わたしも以前賜っていた。学生時代、〝サイラス〟と響きが似ているというだけで、〝バイラス(Virus)（ウィルス）〟と呼ばれたものだ。

「あなたは臨床心理士だ」エドガーが言う。質問ではない。「SWATにいた仲間があなたに診てもらったことがありましてね。あなたは心的外傷後ストレス障害（PTSD）の診断をくだし、健康上の理由で引退するよう勧めた。お払い箱にしたんです」

「臨床例については話せません」

「そうですね。そのとおりだ。おそらくあなたが正しい」

この〝おそらく〟は、つまり正しいと思っていないということだ。

わたしの職業を知ると、警察の人間はこういう反応をすることが多い。彼らは襲われるか、撃たれるか、みずから発砲するか、惨事を目撃したときにわたしのもとに来て、専門家としての助言を求める。わたしはそれぞれの精神状態を診断する。精神的外傷（トラウマ）の徴候を探す。自殺を食い止める。正義の実行者たちは、しばしば精神の弱さを露呈する。

沈黙がおりて、エドガーは居心地の悪さを覚えている。

「どうして警部を知っているんですか」

「古い付き合いです」

「仕事がきっかけですか」

「当時、わたしはまだ子供でした」

反応はないが、エドガーが何をしているのかはわかる。記憶を掘り起こしているのだ。

わたしの家族に何が起こったのかをエドガーは知っている。子供だったわたしは、サッカーの練習から帰ってきて、父の死体を居間で、母の死体をキッチンの床で、双子の妹たちの切り刻まれた死体を二階の子供部屋で見つけた。兄がソファーにすわってテレビを観ながら、父の死体に両足を載せていたのを、わたしはほんとうにこの目で見たのだろうか。

わたしはエドガーに隙を与えない。「被害者についてわかっていることは？」

「ジョディ・シーアン。十五歳。最後に目撃されたのは、クリフトン競技場の花火大会です。けさ両親から捜索願いが出ていました。正午過ぎ、シルバーデール・ウォークのすぐそばの雑木林で遺体が見つかりました」

「発見者は？」

「犬の散歩をしていた女性です」

なぜ発見者は犬の散歩中と決まっているのだろうか。

わたしたちはロータリーをほぼふたつまわって、クリフトン・レーンとフェアハム川のあいだの、道路で囲まれた小さな三角地帯へはいっていく。小ぶりな一軒家や二戸建て住宅は戦後に建てられたもので、屋根は傾斜がゆるく、玄関はのっぺりしていて、切手並みの大きさのせまい前庭がある。

こういう地域のことはよく知っている。住んでいるのは勤勉で尊敬すべき人たちで、仕事を掛け持ち、中古車に乗り、高望みをせずに達成可能な目標を設定することで、低賃金、不安定な雇用、政府の緊縮政策をどうにかしのいできた。

角を曲がると、人の群れが車道へまであふれ出しているのが目にはいる。息絶えた少女をひと目見よう、テレビ画面ではなく現実の世界で起こった悲劇を見ようと、人々が押し合って前へ出ようとしている。公民館の入口に警察車両が二台停まっている。水色のつなぎ服に身を包んだ鑑識の技術者たちが、バンのスライドドアから銀色のケースをおろしている。

少数の制服警官が、支柱と立入禁止テープの仕切りで群衆を押しとどめている。エドガー部長刑事が警察バッジをさっと掲げ、立入禁止テープを引きあげて、わたしがくぐれるようにする。大柄な男がひとり、人だかりから前へ出てきて、声を張りあげる。「あの子なのか？　うちのジョディなのか？」

男の胸には薄茶色のレインコートが張りつき、頭は肩の上に載った石の球のようだ。

「ご自宅へおもどりください、ミスター・シーアン」エドガーが言う。「何かわかったら、すぐにお知らせしますから」

男は強引に警官のかたわらをすり抜けようとするが、押しもどされる。別の若い男が大男の腕をつかむ。「父さん、落ち着いて」若者が言う。父親をしぼませて小さくしたようなその若者は、髪が短く、もみあげが頬に届くほど長い。

「気の毒に」エドガーが小声で言う。わたしたちはアスファルトの小道を縦並びで歩き、荒れた草地に囲まれた雑木林にはいっていく。四時半なのに、あたりはもう薄暗い。前方に立つ三本の街灯が光の輪を投げ、わたしたちの影が伸び縮みする。さらに進むと、金属の手すりがついた歩道橋があって、その下を流れる川のせせらぎが聞こえる。フェアハム川を渡りながら、ちらりと横へ目をやると、川幅が広くなっていって、やがて葦の生えた池に注ぐのが見える。

七十メートル先にせまい空き地があり、木の幹がまぶしい光に照らされて銀色に輝いている。携帯用発電機の音が、繰り返し演奏されるドラムのように響く。傾斜のきつい土手の下に、白い粗布のテントがひとつ建っている。生地を通して明かりの漏れるテントは、何匹もの蛾が迷いこんだ中国の紙提灯のようだ。

歩道橋の西側にランドローバーが二台停まっている。一方のなかにレニー・パーヴェルがいて、無線機で話をしている。わたしは話が終わるのを待つ。

レニーがわたしの手を握る。そのまま引き寄せて抱擁しようとするが、いまは仕事中だ。薄茶色の目がやさしくなる。「ふだんはこんなことしないんだけど」

「いや、するさ」

バブアーのジャケットを着て、膝まである長靴を履いたレニーは、肌が白く顔立ちが端整で、真っ黒な髪は肩をかすめる長さに整えられている。レニーというのは正式な名前ではない。両親が娘につけたのはレノア・ユースタス・メアリー・パーヴェルという名前で、長いほうが世間で成功すると考えてのことだったが、当のレニーに言わせると、効果はなかったという。名前を記入するのにこんなに時間がかからなかったら、学校で特Aの成績をとれたはずだと。

レニーは、わたしの両親と妹ふたりが殺されたときに、真っ先に現場に来た警官だった。庭の物置小屋に隠れていたのをレニーが見つけたとき、わたしはつぎに死ぬのは自分だと確信して、つるはしを構えていた。レニーはわたしをなだめて小屋の外へ連れ出したのち、自分のコートを脱いでわたしをくるみ、騎兵隊が到着するまでそばにいてくれた。レニーがパトロールカーの開いたドアのそばにしゃがんで、わたしに名前を尋ねたことを覚えている。チックタックのケースを差し出して、震えるわたしの手をとり、手のひらに菓子の粒を振り入れてくれた。あのときのレニーの手は、世界にまだぬくもりがあることを感じさせてくれた。

そのあと数日にわたって、レニーは警察の事情聴取に同席し、わたしが警察署の折りたたみベッドで眠るまで見守っていた。予備審問のときも公判のときも、レニーはわたしをマスコミからかばい、裁判所まで付き添って、証言台に立つまでの待機中もずっとそばにいてくれた。わたしが真実を述べると宣誓し、被告席の兄を見ないようにしていたとき、レニーは傍聴席にすわっていた。

そのころレニーは巡査で、職に就いて一年になろうかというところだった。それがいまや、ノッティンガムシャー警察の重要作戦部隊を率いる身だ。結婚、離婚を経て再婚したレニーには、成人した継子がふたりいる。わたしは三番目の子供のようなものだ。

「エドガーからどこまで聞いた？」レニーが訊く。

「ジョディ・シーアン、十五歳、ゆうべから行方不明」

レニーは少女ふたりを撮った写真を見せ、ジョディのほうを指さす。切れ長の目に豊かな茶色の髪を持つ少女で、歯に矯正具をつけているが前歯に隙間がある。

「ジョディを最後に見たのは、いとこのタズミン・ウィテカー。八時五分に、ここから一キロ半ほどの花火大会の会場で」写真のなかのもうひとりの少女を指さす。ジョディより背が高く、体重もありそうで、丸顔にゆがんだ笑みを浮かべている。

「ジョディはサウスチャーチ・ドライブにあるフィッシュ・アンド・チップスの店へ行くとタズミンに告げた。そのあとタズミンの家で合流することになっていた。ところが、ジョディは来なかった」

ところどころ傾斜が急になる曲がりくねった泥道を、レニーのあとについて進んでいく。

テントに近づくと、そこかしこに踏み石のように板が敷かれている。アーク灯がまばゆい光の海を作り、その光が露に覆われた蜘蛛の巣を宝石のちりばめられた糸へと変える。

テントの入口が引きあけられていたため、一瞬、遺体が目にはいる。ジョディ・シーアンは両膝を胸に引き寄せ、右側を下にして横たわっている。ジーンズとショーツは引きおろされて、スエードのブーツを履いた足首のあたりにまとまり、セーターは顎まで引きあげられている。ブラジャーははずされて、ねじれた恰好で脇へ寄り、むき出しになった小さな白い胸は泥か血で汚れている。見開かれた目はわずかに飛び出て、白内障が進行しているかのように瞳が白く濁っている。

遺体が裸なのを見て、いたたまれない気持ちになる。できることならジーンズを引きあげてセーターの裾をおろしてやり、こんな形で出会うのがどれほど残念かを伝えたい。寄ってたかって写真を撮り、爪のあいだをこすったり、綿棒をあちらこちらの穴に突っこんだりしていることを謝りたい。こんなことをしたのはだれなのか、その口から聞けなくて残念だと言いたい。容疑者を並ばせて犯人を指さしてもらったり、犯人の名前を紙に書いてもらったりができないのが残念だ、と。

わたしは腰を落とし、ジョディの髪についた葉や草に注目する。両方の手と前腕に擦り傷があり、右目には殴られた、額にはぶつかったような跡がある。片方だけイヤリングをしている——精巧な銀のスタッドが光を反射している。もう片方はどこだろう。揉み合ううちになくしたのか、犯人が記念として持ち帰ったのか。

幽霊のような人影がテントに足を踏み入れる。フードつきのくたびれたカバーオールに頭から爪先まですっぽりと覆われていて、かろうじてロバート・ネスだとわかるが、体が大きいせいでテントがせまく感じられる。

ときどきネッシーとも呼ばれるネスは、内務省の認可を受けた四十代後半のベテラン法病理学者で、肌の色の濃さが目の白さを際立たせている。首を傾けるたびに、ふちなし眼鏡が一瞬きらりと光る。

「あなたたち、知り合いなの？」レニーが尋ねる。

わたしとネスはうなずくが、握手はしない。

「さっさと進めよう」ネスが言う。「いつまでもここに放置するのは忍びない」

「死亡時刻は？」レニーが訊く。

「早朝だな。ゆうべは寒かったから、体温がさがって、虫が寄りつかなかった」

「死因は？」

「不明だ。後頭部を殴られてるが、頭骨を砕くほどではなく、気絶した可能性はある。検死解剖をすればくわしくわかる」

「性的暴行は？」わたしは尋ねる。

「毛髪に精液の痕跡あり」

空気の塊が喉をふさぐ。

ネスは腰を落としながら、ジョディのブーツを指さす。「そのなかに水がたまってるし、毛髪には水草がからまってる。あの林の向こうがフェアハム川だ」遺体の額の傷へ指を向ける。「それは衝突による損傷で、おそらく転落によるものだろう」

「腕の擦過傷は？」

「枝やイバラによるものだな」

逃げようとしたのか。

レニーが振り返って、エドガー部長刑事を呼ぶ。「朝一番に警察の潜水班をよこすように。被害者の携帯電話と水玉模様のトートバッグを探して」

鑑識班のテントから出て、点々と敷かれた板を踏みながら犯行現場の近くへたどり着く。ブーツの下で湿った音を立てる木の葉のカーペットに隠れて、木々の根がいまにも地中から飛び出てわたしの足首をつかもうと待ちかまえている。この空き地は、昼間なら歩道や土手の上からでも見えるが、夜は頭上の梢に光がさえぎられ、草地より暗くて見えないだろう。

レニーがわたしに追いつく。わたしたちは木をつかんで体を支えながら土手をのぼっていく。

「あの歩道はどこへ出るんだ」わたしは尋ねる。

「歩道橋を渡ったらT字路に突きあたるの。右手はファーンバラ・ロード。左へ曲がって路面電車の線路を渡ると、やがてジョディのかよってたフォーサイス・アカデミーに着く。家族はその先のクリフトンに住んでる。たぶんこれは自宅への近道ね」

「どこからの？」

「いとこの家からの。タズミン・ウィテカーがここから五分のところに住んでるのよ」

眼下で鑑識班が白いビニールシートにジョディの遺体を載せ、シートをたたんで密閉している。二層目のファスナーが引きあげられる。持ち手のついた袋で包み、待機している救急車まで四人がかりで運ぶ。

レニーが無言で見つめている。黒っぽい髪が首もとをなぶる。

「タブロイド紙はこれをネタにして絶頂に達するわけね。かわいらしいまじめな学生で、フィギュアスケートのチャンピオンとくれば」

「フィギュアスケート？」

「この夏、《タイムズ》紙が紹介してたの。イギリススケート界の期待の新星だって」

歩道橋を渡って、アスファルトの小道を進むと、公民館に出る。地元の人間のほとんどは寒さを避けるために家へもどったが、代わりにテレビの取材スタッフと記者たちが来ている。カメラがかつがれ、スポットライトが光る。

「ジョディですか」だれかが大声をあげる。

「死因は？」

「レイプされてた？」

「容疑者は？」

この状況では残酷な質問に思えるが、レニーは両手をポケットに入れて、うつむいたままだ。

わたしたちはパトロールカーの前で足を止める。「どうする？」レニーが尋ねる。

「遺族と話せるかな」

「まだ正式な知らせは届けてないけど」

「覚悟はしているはずだ」

5

その二戸建て住宅には、下の階に出窓がひとつある。家の前面に濡れそぼったせまくて四角い庭があり、その三方を、刈りすぎて膝までの高さしかない生垣が囲んでいる。私道には二台の車が縦列駐車してある――一台は黒いタクシー、もう一台は新型のレクサスで、ウィンドウの色が法にふれそうなほど濃い。

巡査がひとり、外で見張りに立ち、寒さをしのごうとその場で足踏みをしている。レニーが玄関の呼び鈴を押す。ドゥーガル・シーアンが応対に出てきて、娘を連れ帰ったのかと言わんばかりに、わたしたちの背後へ目をやる。

「レノア・パーヴェル警部です」レニーが言う。「あなたと奥さまにお話があります」

ドゥーガルは無言で背を向け、ごてごてと飾りつけられた居間へわたしたちを案内する。皺の目立つソファーがひとつ、古びた肘掛け椅子がふたつあり、音量を絞ったテレビがサッカーの試合を映している。

マギー・シーアンがキッチンへ通じるアーチ形の入口に立っている。何もかもが縮んでしおれた女だ。肩が落ち、目の下に黒ずんだたるみがある。磨きこまれた木のロザリオを握りしめている。

「ミセス・シーアン」レニーが口火を切る。

「マギーと呼んでください」マギーは気のない声で答えてから、キッチンテーブルにすわっている弟のブライアンと、その妻のフェリシティを紹介する。ウィテカー夫妻はタズミンの両親で、手伝いのために来ている。

レニーは部屋の真ん中で、練兵場にいるかのように脚を開いて踏ん張り、両手を組み合わせている。居合わせた空間を所有するかのようにふるまう者もいるが、どうやらレニーはおのれの魅力をもって徐々に空間を奪い、ひそかにこの部屋を支配しているらしい。

マギーがソファーに腰をおろす。鎖骨の上のほうに染みが浮かび、目のまわりの化粧はひび割れている。その隣にドゥーガルがいる。マギーは夫のほうへ手を伸ばす。ドゥーガルは弱さを見せたくないのか、しぶしぶ妻の手をとる。

ウィテカー夫妻はアーチ形の入口に並んで立っている。その顔には悲壮な覚悟が見られる。

レニーが説明をはじめる。「残念な知らせをお伝えしなくてはなりません。十代の少女の遺体がシルバーデール・ウォークの近くで発見されました。お嬢さんのジョディと特徴が一致しています」

マギーが目をしばたたいて、通訳を求めるかのように夫を横目で見る。ドゥーガルは目を閉じているが、端から涙がこぼれ、手の甲でそれをぬぐう。

「どんなふうに死んだんだ」ドゥーガルはかすれた声で言う。

「不審死と考えています」

ドゥーガルは立ちあがるものの、体をふらつかせ、ソファーの背を握って支える。大男で、建築業者か肉屋に見える。腕が太く、手が大きい。

「ジョディなのかどうか、どなたか正式な身元確認をお願いします」レニーが言う。「きょうでなくてもかまいません。午前中に車をまわすこともできます」

「あの子はいまどこに？」マギーが尋ねる。

「クイーンズ・メディカル・センターへ移されました。検死の必要があるもので」

「娘を切り刻むつもりか」ドゥーガルが言う。

「殺人事件として捜査しています」

マギー・シーアンの指がロザリオの珠を手繰る。小さな十字架を握って力をこめたので、手を開いたときに十字架の跡が残っている。一日じゅう、すがる思いで祈っていたにちがいない。だが、祈りはかなわなかった。

ブライアンとフェリシティは入口で抱擁している。ふたりの体のサイズは同じだが、妻のほうが夫を支えているように見える。

「ジョディの足どりを確認しなくてはなりません」レニーが言う。「最後にジョディの姿を見たのはいつですか」

「花火大会です」マギーが答える。

「毎年みんなでボンファイヤー・ナイトに出かけるんです」フェリシティが補う。「いまはもうガイ・フォークス・ナイトとは言わないんでしたっけ。公正な言いまわしではないんでしょうね。火薬陰謀事件とかなんとかで」

フェリシティは人目を引く長身の女性で、豊かな黒っぽい髪に交じって、左のこめかみからブラウスの襟まで銀色の房が流れるように垂れている。

「ジョディは花火大会でだれといっしょでしたか」レニーがフェリシティの話をさえぎって言う。

「タズミンです。わたしたちの娘の」

「ほかには？」

「同じ学校の子たち。友達。ご近所のみなさん。この地区の盛大なお祭りみたいなものなんです。わたしはシャンパン一本とグラスをいくつか持参しました」

マギーがカーディガンの袖から綿のハンカチを取り出して、鼻をかむ。その音を聞いて全員がそちらを向く。

「花火が終わったらすぐ帰らせるべきだったのよ」マギーの声は小さく、かすれている。

「外泊を許すんじゃなかった」

「あなたのせいじゃないって」フェリシティがたしなめる。

「帰らせればよかった。そうすれば無事だったのに」

ドゥーガルはなんの反応も示さないが、この夫婦のあいだに張りつめたものがあるのがすでに感じられる。まもなく非難の応酬がはじまるだろう。理屈が通じないとき、どこからか罪悪感がやってくるものだ。

「ジョディを最後に見たのは何時でしたか」わたしは尋ねる。

「八時にあの子のほうがわたしを見つけて」マギーが言う。「タズミンの家で泊まっていいかと訊いてきました。練習があるから、早起きしなくちゃだめよと釘を刺したんです」

「練習？」

「全国大会が近いので」ブライアン・ウィテカーが説明する。「ぼくらは週に六日、朝の六時半には氷上に出てます」

「あなたがジョディのコーチなんですね」わたしは言う。

「ぼくがスケートを教えました」

「あの子が歩けるようになるのと同じころからね」マギーが言う。

姉と弟は、目が似ているし、鼻の形もそっくりだ。マギーのほうがふくよかな印象で、ブライアンは腰まわりが細く、引き締まった手をしている。背筋を伸ばして胸を張り、顎をあげた立ち姿は、ダンサーを思わせる。

テレビへ注意を移すと、サッカーがいつの間にかニュース速報に変わっている。ドローンで撮った映像には、木の枝々にかなりさえぎられているが、鑑識班のテントの輪郭がぼんやりと見てとれる。つぎに映し出されたのは、荒れ放題の草地を捜索する警官たちの姿で、膝まで達する雑草のなかを長い列を成して進んでいる。ひとりが立ち止まってしゃがみ、ソフトドリンクの空き缶を拾いあげて、それを証拠品収納用のポリ袋におさめる。また画面が切り替わる。こんどはジョディの遺体が土手の上へ運ばれている。

「消して！」マギーが訴える。ドゥーガルがテレビのリモコンに手を伸ばす。つかみそこねる。悪態をつく。画面が真っ暗になる。

「わたしたちの大切な娘を、どうして傷つけようとする人がいるの？」マギーが小声で言う。肩が波打っていて、体重を左右へ移し替えるかのように見える。

レニーが視線をよこすが、わたしには口にできることばがない。遺族を何が待ち受けているかはわかる。これから何日ものあいだ、メディアはジョディの人生を切り刻んで、嬉々として書き立てるだろう。スケート界の〝期待の新星〟は、オリンピックでの栄光を夢見ていたのに、自宅から一キロ半しか離れていない冷たくぬかるんだ空き地で死んだ、と。

法心理学の専門家として、わたしはこれまで数多くの殺人者や精神病質者（サイコパス）や社会病質者（ソシオパス）と会ってきたが、相手を善人か悪人かに振り分けることはしないと決めている。悪事とは、運命づけられたことやDNAに刻まれたことでも、だらしない親や怠慢な教師や意地悪な友人から押しつけられることでもなく、善良なものが欠けていることだ。悪とは状態ではなく〝特性〟であり、人がその〝特性〟をじゅうぶんに具えているとき、それがすべてを規定する場合がある。

そう説明すれば、シーアン夫妻の助けになるだろうか。ならない。今夜並んで横たわって天井をながめ、ほかの選択があったのではないかと思い悩むとき、そんなことばが慰めになるはずがない。子供を失うと、心がゆがんで変形する。子供を失うことは理解の範疇を超えている。それに、生物学に反してもいる。自然の摂理や系統学にもそぐわない。常識からはずれ、時の流れを破壊する。子供を失うと、底なしの巨大な暗い穴ができて、その穴が希望を呑みこむ。

ドゥーガルはバーキャビネットで酒をついでいる。ほとんどの瓶に免税の表示が貼られたままだ。マギーは夫の関心が自分からそれて、少し緊張が解けたようだ。いままでより構えることなく、記憶をたどりながら言う。

「ジョディが自転車に乗れるようになっても、路地から出るのを許さなかったの。目の届かないところへ行ったら困るから。みんなから過保護だって言われたけど、この手のことがどうして起こるのかはわかってる。やがてあの子が学校へかよいはじめると、歩いてタズミンの家まで行くのは許したけど、暗くなってからあの小道を通るのはぜったいにだめだって言い聞かせてた。電灯がなかったから、〝真っ暗細道〟と呼んでたの。議会がようやく電灯を取りつけたあとも、そう呼んだままだった」

「なぜゆうべジョディとタズミンは別行動をとったんですか」わたしは尋ねる。

「ジョディがフィッシュ・アンド・チップスを買いにいったんです」フェリシティが言う。

「ひとりで？」

だれも返事をしない。

「ジョディの交際相手は？」わたしは訊く。

「ちゃんと付き合ってる人はいません」フェリシティが言う。「たまにトビー・リースと出かけることはあったけど」

「あの金持ちの？」ドゥーガルがあざけるように言う。

「それほどでもないさ」ブライアンが言う。「父親が車の販売代理店をやってるだけだ」

「トビーの年齢は？」わたしは尋ねる。

「歳の差がありすぎる」ドゥーガルが言う。

「十八歳です」フェリシティが説明する。義兄のことばを訂正するのは気が進まないらしい。「たまにふたりで出かけてるだけよ」

ドゥーガルが怒って言う。「だからなんだと言うんだ？　ジョディは練習中のはずだった。派手な車で盛りのついた不良と走りまわってたわけじゃない」

マギーがびくりと身を縮め、いっそう沈鬱な面持ちになる。

「ジョディがいなくなったことに気づいたのはいつですか」わたしは話題を変えるために質問する。

「ジョディはうちに来ることになってました」フェリシティが説明する。「タズミンは十一時まで待って、そこで眠ってしまったんです」

「ジョディは鍵を持っていたんですか」

「タズミンがテラスのドアの錠をあけたままにしていました」

「あの子は夜じゅう外にいたんだ」ドゥーガルが割れた声で言う。

フェリシティが肘掛け椅子の端にすわって、ドゥーガルの頬をなでる。まるでライオンの足から棘を抜くアンドロクレスのような、親しみのこもったしぐさだ。親密な家族だ、とわたしは思う。子供をみんなで育て、誕生日や洗礼式や記念日など、何かあるたびにいっしょに祝ってきたのだ。よいときも悪いときも。

「練習があるからジョディを起こしにいったんですが、タズミンの部屋にいませんでした」ブライアンが言う。「きっと夜のあいだに自宅へもどったんだと思って、車でここへ迎えにきたんです。ゆうべから帰ってないことにみんなが気づいたのは、そのときでした」

「それで、あなたが警察に通報した」レニーが言う。

ふた組の夫婦は顔を見合わせ、ほかのだれかが答えるのを待っている。

「まず、みんなでジョディを探しました」ブライアンが注意深く言う。「ぼくはアイスリンクへ向かった。タズミンは友達に電話をかけはじめました」

レニーがドゥーガルをじっと見る。「あなたは？」

ドゥーガルは窓へ手を向け、その向こうに停めてある黒いタクシーを指し示す。「ゆうべは仕事をしてた。七時ごろもどって、またすぐに出たんだ。ジョディを探しに」

「どこへ？」

「あの小道をたどった」

「なぜすぐにシルバーデール・ウォークを思いついたんですか」

「帰り道だからさ」あたりまえだと言いたげに、ドゥーガルは答える。喉に声がつっかえている。「ゆうべ、きっとあの子のそばを通り過ぎてたんだ」

マギーは過去をのぞきこもうとするかのように、壁を凝視している。

「そのとき、あなたは何を？」わたしは尋ねる。

「祈っていました」

「ジョディが電話をしてくるか、もどってきたときのために、だれかがここに残る必要があったんです」フェリシティが説明する。

レニーは出来事の流れを頭のなかで整理しているらしい。警察に通報しても意味はなかった。ジョディは何時間も前に死んでいたのだから。

「ジョディに危害を加えようとする人物に心あたりは？」レニーは尋ねる。

マギーが答える。「どういう意味ですか」

「だれかに尾けられているなどと言っていなかったでしょうか。不審な人物や、不安や恐怖を感じさせるような人物は？」

だれも返事をしない。

「ほかのご家族に危害を加えようとする人物はいませんか」

ドゥーガルがあざけるような声を出す。「おれはタクシーの運転手だ。マギーは学校の食堂で働いてる。おれたちは下層社会のならず者でも人間の屑でもない」

レニーは反応しない。ドゥーガルとマギーとは別々に話をして、それぞれの反応を見るほうがいいのかもしれない。ドゥーガルのほうが気性が激しく、マギーは夫を立てて、ぜったいに異議をはさんだり話をさえぎったりしない。こびへつらうわけではないが、対等な関係でもない。

わたしはスライドドアまで行って、庭の暗がりへ目を向ける。外灯がテラスを照らし出し、冬に備えてカバーを掛けられたバスタブがあるのが見える。この場にいるジョディの姿を思い浮かべようとするが、青白い亡骸に命を吹きこむには情報が少なすぎる。ジョディの身に起こったことを理解するには、生前の彼女がどんな人間だったかを知る必要がある。親しみやすく愛想がよかったのか。夜遅く道ですれちがう他人に挨拶するような性格だったのか。うなずいて微笑むのか、それともうつむいて相手の視線を避けるのか。襲われたら逃げるのか。反撃するのか。屈服するのか。

「ジョディの部屋を見せてもらえませんか」わたしはドゥーガルに問いかける。

ドゥーガルは少しためらったのち、わたしを二階へ案内する。ジョディの部屋は共有のバスルームのすぐ隣にある。ドゥーガルは中へはいろうとしない。入口でぐずぐずするさまは、はいっていいと娘から許しが出るのを待っているかのようだが、娘はもう許可を出すことができない。

ベッドの枕は、最後にジョディの頭が載ったところが小さくくぼんでいる。その横には、黄色い毛糸の巻き毛とボタンの目がついた、ぐにゃりとしたぬいぐるみがある。いかにもティーンエイジャーらしい部屋だ。汚く散らかっている。部屋の主の性格そのままだ。汚れた服が籐籠のそばに散乱し、靴が片方だけクロゼットのほうへ投げ捨ててある。しゃがんで靴をそろえたい衝動を抑えなくてはならない。きのうの湿ったタオルが床に落ちている。

わたしは室内を観察しながら、ベッドに脚を組んですわっているジョディを想像する。人形で遊び、絵を切り貼りする幼い少女の姿を。少女は成長して、選ぶものもクレヨンからアイライナーへ、バービー人形から男性アイドルグループへと変わっていく。何もかもから声が響く。ベッド脇のテーブルに載った本や、紙の上のいたずら書きや、ドアノブに掛けられた数々のストラップから。

室内の棚という棚に、アイススケートのトロフィーやメダルが並んでいる。ベッドの上の壁はスケーターの写真とポスターで埋めつくされていて、そのうちの何人かは見たことがある。カタリナ・ヴィットや、テッサ・ヴァーチュとスコット・モイアのペアのものもある。カメラは重力に逆らうように宙を舞う多くの姿のほかに、バレエダンサーのように優雅に氷上を滑る姿もとらえている。

ジョディの机の上方にあるコルクボードには、インスタント写真がピンで留められている。ほとんどがジョディとタズミンを撮ったものだ。撮影ブースのなかで膝の上にすわり合って、カメラに向かって変な顔を作っている。ジョディのほうが美人だ。タズミンは外見を気にしているらしく、首まわりの肉のたるみを隠そうと顔を傾けている。ジョディのほうが小柄で、細いのに筋肉のあるスケーターらしい体つきだ。タズミンに比べると、自分の体に自信があり、ぴったりしたトップスにミニスカートといういでたちでそれを誇示している。

わたしはドアのスライド錠が斜めに取りつけられているのに気づく。

「ジョディが自分でつけたんだ」ドゥーガルが説明する。「プライバシーがほしいとか言って」

「だれを締め出そうとしていたんでしょう」

「いちばんは兄だろうな。フィリックスを邪魔に思うことがあったようだ」

「フィリックスの歳は?」

「二十一だ」

公民館でドゥーガルを帰らせようとしていた若者がいたのを思い出す。

「フィリックスもここに住んでいるんですか」

「出たりはいったりだな」

ベッドの上の棚にもトロフィーが並んでいる。そのなかには、モスクワ、ベルリン、ハンガリーで開催されたジュニア選手権のものもある。

「ご両親はさぞ誇らしかったでしょうね」わたしは言う。

「あの子が滑るのを見るたびに、そう思ったさ」

ドゥーガルは息を吸いこんで止め、また吐き出す。

「フィギュアスケートのすごさを、ほとんどの連中は知らない。どういうものかわかってないんだ——氷の上を滑って宙へ跳びあがり、三回か四回まわってから、ナイフみたいに鋭いブレード一枚で着氷するには、とんでもなく勇気と技術が必要だってことを。おれは能のない人間だ。本を読まないし、詩の朗読もしないし、絵もわからん。でも、氷の上のジョディはきれいなんだよ……ほんとうに、息を呑むほど」

レニーが階下から呼ぶ声がする。引きあげるらしい。

レニーとわたしはお悔やみを述べたのち、悲しみに打ちひしがれたふたつの家族のもとを去る。外へ出て、パトロールカーまでもどると、わたしはしばし立ち止まって屋敷を振り返る。二階の窓に人影がひとつ、動くこともなくたたずみ、こちらをじっと見据えている。フィリックス・シーアンはシャツを着ておらず、腰から下は見えないが、全裸なのかもしれない。ライターをさっとはじいて火をつけたのち、すぐに消すが、そのあいだもまっすぐこちらへ憎悪の目を向けている。憎しみはフィリックスをむしばむのではなく、むしろ支えているようだ。

何を燃やしたいのだろう、とわたしは思う。そして、なぜそれを燃やしたいのか。

6 エンジェル・フェイス

「お母さんのこと、覚えてる?」ガスリーが尋ねてくる。

「長い金髪と青い目、あなたがわたしにただひとつくれたものは悲しみ、悲しみだけ」

「デヴィッド・ボウイか(〈愛の悲しみ〉より)」

「デヴィッド・ボウイ、好きなんだ」

ガスリーが着てる変な柄のセーターは、たぶん母親が編んだものだ。セントラルヒーティングの部屋では厚すぎるのに、脱ごうとしないのは、お腹が出てるのを気づかれたくないからだろう。

「お父さんのことは?」ガスリーが訊く。

「パパは転がる石だった。帽子を置いたところが自分の家。パパが死んで、わたしたちに残ったのはただ孤独だけ」

「テンプテーションズだ(〈パパ・ワズ・ア・ローリング・ストーン〉より)」

「いい歌だよね」

「話をまじめに聞いてないな」

「前も同じこと訊かれたから」

「答えなかったじゃないか」

「気づいちゃった？」

あたしは椅子に背を預け、足の土踏まずで反対の足の甲をこする。靴も靴下も履いてない——裸足のほうが好きなのは、足の下に地面を感じられるから。追跡用の電子タグが、鉄球と鎖のついてない枷に見える。一度試したことがある。駐車場までが限界で、そこで警報が鳴りはじめた。

「きみにとって、いちばんいいやり方にしたいんだよ」ガスリーが困った顔をしてみせる。

「だったら、ここから出して」

「質問に答えてくれ」

あたしの沈黙が聞こえないの？　沈黙には声がない、なんて言わないでよ。あたしには聞こえる。ことばとことばのあいだに叫ぶ声が、大きくはっきりと。

ガスリーはため息をついて、首の剃刀負けしたところを掻きながら、あたしのファイルに目を落とす。頭のてっぺんがきれいにまるく禿げかかってる。男の人はみんな禿げるんだろうか。あたしは頭のなかですばやくリストを作る。調理場のアルフィーとディランは髪がふさふさだ。庭師のパディはちょっと薄くなってて、カウンセラーのリノは剃りあげて頭にオイルを塗ってるから、禿げてるのかわからない。テリー・ボーランドには髪があったけれど、死んでから二週間ほどで抜け落ちた。だけど、それは話が別。禿げる人もいれば、禿げない人もいるんだと思う。

ガスリーはさっきからずっと話してる。話というよりお説教だ。声がすごく退屈だから、瞑想法のテープでも作ればいい。きょうのことばは〝催眠性〟。あたしは毎朝、辞書からひとつ単語を選んで、例文を作ってみる。〝逍遥学派〟とか〝僥倖〟とか、音楽みたいな響きがある単語は、頭にこびりついてる。もう忘れてしまった単語もあるけど。

心がさまよってるうちに、壁が崩れるように感じられ、通りも家も街も消えて、気づくとあたしは木陰に寝転んで、草と、鋤き返された土と、薪の煙のにおいを嗅いでる。近くで母さんが木々のあいだを動きながら、ラズベリーと赤スグリで籐の籠をいっぱいにしてる。これが実際の記憶なのか、子供時代があったと信じさせるためにだれかが頭に埋めこんだ景色なのかはわからないけど、柔らかな金色の日差しや、低木の生垣に響くマルハナバチの羽の音や、荒れた草地を思い出す。母さんが作業をしてるときに、黒っぽい髪が肩の上で揺れてたのを覚えている。

ガスリーの声が割りこむ。「ここから出られたら、どうするんだ」

「仕事を見つける。どこか住むところも」

「それなら力になれると思う」

「よかった」

「きょうは事務手続きを進めないとな――こまごましたことを少しだけでいいんだ」ガスリーがボールペンの端を押して芯を出す。「まず生年月日、それと本名、あとは出生地も」

あたしはばかの相手をするときみたいに、ため息を漏らす。

ガスリーがつづける。「きみが十八歳だとどうしてわかるんだ」

「歯と手首の骨を調べられたの。X線写真を撮って、身体測定もしたし」

「そういう検査には誤差がある」

「あたしはぎりぎりだいじょうぶ」

「テリー・ボーランドに会ったいきさつは？」

あたしは返事をしない。

「誘拐されたのか」

何も言わない。あたしはトラックパンツの紐をもてあそび、指先ではさんでねじる。いらいらしても無駄だし、いいかげんうんざりだという気持ちを行動で表しても意味はない。もう一枚レッドカードをもらうだけだ。

「水を飲んでもいい？」あたしは訊く。

「だめだ」

「喉が渇いたんだけど」

「その前に質問に答えなさい。きみの力になろうとしてるんだよ、イーヴィ。だが、お互いに中間地点まで歩み寄らないと」

どこへ行くまでの中間地点？　どれだけの距離だかわからないとき、人はいつもそのことばを使う。あたしがほかの惑星から来てるかもしれないのに。ほかの時代から来てるかもしれないのに。それでもみんな、中間地点で会いたがる。

あたしはいまの自分で幸せだ。半分壊れたものをつなぎ合わせて自分を作ってる。隠れ方、逃げ方、身の守り方を覚えてきた。部屋の前で止まる足音や、壁の向こうにいるだれかの息づかいを聞いて、血が凍る思いをした記憶に付きまとわれてるけど。

そういうときの神経が張りつめる感じを、よく知ってる。自分にのしかかる視線の重みを感じたときに、さざ波のように背筋を伝い落ちるむずむずした感じを。その視線は顔を探ってくる。あたしだとたしかめようとする。何度こっちが戸口へ踏みこんだり、後ろを振り向いたり、「そこにいるのはわかってるんだから」と叫んだりしようと、通りに人の姿はない。足跡も。影も。見つめる目もない。

「きみの苦しみは理解できる」ガスリーが言う。「そのせいできみがふつうの生活から、そして真であり実であるものから、どれだけ隔てられてるのか、よくわかるよ」

何が真か実かをわかる人なんているの？　前にだれもが事実として受け入れてたことが、いまはまちがいとされてるのに。地球は平らじゃないし、煙草は体によくないし、冥王星は惑星じゃないし、セイラムで火炙りにされたのは魔女じゃなかったし、人間にあるのは五つの感覚だけじゃない。どんなものにも半減期がある――事実にさえも。

ガスリーは椅子の上でふんぞり返って、いらいらとこっちを見る。そして、あたしのファイルに書いてあることを――暗記してるらしく――そらで言いはじめる。里親たち、逃走と逮捕、アルコールとドラッグの濫用。

あたしはさえぎって言う。「なんでそんなにむきになって、ここにつなぎ留めようとするの？　あたしのこと、きらいなくせに」

「いや、そんなことはない」

「あたしをこわがってる」

「ちがう」

「ほんと？　じゃあ、奥さんは元気？　まだ離婚を迫ってんの？」

「きみには関係ない」

「カウンセリングを受けてる？」

「いや」

「嘘つき！　浮気してるでしょ？」

「してない！」

「奥さんは？」

「もちろん、してない」

「してる！」

「だまりなさい、イーヴィ」

「相手は昔の恋人？　それとも別の新しい人？　職場で会った人だ。仕事仲間ね」

「レッドカードだぞ」

「あんたがダヴィーナに話してるのを偶然聞いたの。奥さんが仕事に復帰するのはいやだけど、あんたひとりの稼ぎじゃ住宅ローンを払えないって。奥さんの上司はだらしないやつだとも言ってた。相手はその人？」

「頼むからやめてくれ」ガスリーは苦しそうに言う。

「あたしを解放してよ」

「きみはまだその段階じゃない」

「きょうあたしに会いにきたあの人は何者？」

「臨床心理士だ」

「何が目的？」

「きみを見にきた」

「なんのために？」

「あの男ならきみの力になれると思う」

「あの人ならあたしをここから出せる？」

「たぶん」

ガスリーがほんとうのことを言ってるのはわかるけど、全部を話してるわけじゃない。そう思うと、不安と興奮で体が震える。

「あの人、また来る？」

「だといいんだが」

あたしも同じ気持ちだけど、口には出さない。

7

ジョディ・シーアンの二枚の写真が《ノッティンガム・ポスト》紙の第一面を大きく飾っている。一枚目は、学校の制服を着て髪をていねいに梳かした姿で、化粧っ気はまったくない。撮影者の後ろにいるだれかに笑わされているのか、カメラに向けてはばかりなく笑みを浮かべている。二枚目は、スパンコールのついたきらびやかな衣装を着て氷上を滑る姿をとらえたものだ。

〝氷の王女〟と全段抜きの大見出しが踊り、その下に〝行方不明のジョディ（15）、遺体で発見〟と副題がある。さらにその下には、息もつけないほどの解説がつづき、ジョディの遺体を発見したこと、手がかりを追っていることが記されている。予想どおり、ジョディはおとぎ話に出てくる犠牲者さながらに描かれていた――人気（ひとけ）のない小道を歩いていたら、待ち伏せしていた獰猛な獣にさらわれた赤頭巾のように。

隣人、学校の友達、仲間のスケーターたちのコメントも載っていて、だれもがショックを受け、悲しんでいる。

「この街でこんな事件が起こるなんて信じられません」

「すごく治安のいい地域なんですよ」

「みんなが気をつけ合ってるのに」

「だれがこんなむごいことをするの？」

どうすれば人はこんなふうに無邪気に生きられるのだろう、とたびたび思う。でも、だからと言って、どう生きればいい？　怯えて生きるのか。疑って生きるのか。精神的に追いこまれて生きるのか。

新聞には、さらに二ページにわたって写真が掲載され、警官が列になって草地を捜索する場面や、おおぜいの野次馬とともに、木々のあいだで光る白いテントが写っているものもある。ある種の犯罪はエネルギーを生み出し、梢を渡る森林火事のように、ほかのあらゆる物語から酸素を吸収して、風より速く伝わっていく。それはニュースの寿命をむさぼったすえに、燃え尽きるか、ほかの悲劇にその場を譲り渡す。エンジェル・フェイスの事件もそうだった。

夜のうちに、ガスリーがイーヴィ・コーマックの資料を送ってきている。施設への登録歴、監督者によるメモ、精神病理学上の評価、逃亡と違反の記録など、何千ページもある。

わたしは発端の事件について知るところから取りかかり、テリー・ボーランドの遺体発見に関する初期の新聞記事を引き出す。ボーランドはイースト・バーネットのハザム・ロードにある家で殺害された。遺体は発見されることなく二カ月間そこに放置されていたが、悪臭がすると近隣住民が苦情を訴え、家主が呼び出された。警察がドアを破って中へはいり、椅子にくくりつけられている腐った肉塊を見つけた。腐敗が進んでいたため、指紋は検出できなかった。ボーランドを殺したのがだれであれ、その人物は家の隅々まで清掃していった——床を漂白し、カーペットに掃除機をかけ、あらゆるものの表面をぬぐった。唯一残されたひと組の指紋は、警察のデータベースにあるものと一致しなかった——六週間後にエンジェル・フェイスの指紋が登録されるまでは。

被害者の身元の判明には、顔認証技術が用いられた。コンピューターで作った写真が公表され、それを見たイプスウィッチの女性が電話をかけてきて、写真の男はもとの夫テリー・ボーランドだと証言した。失業中のトラック運転手で、三十八歳、ウォットフォード生まれ、二度の結婚と二度の離婚を経験し、軽犯罪と軽度の暴行罪での前科がある。

その家の裏庭にあった犬小屋で、二匹のシェパードが発見された。ボーランドが死んでからの日数を考えると、驚くほど健康状態がよかった。だれかが餌を与えていたのは明らかで、殺人犯はボーランドより犬のほうに同情してその家へもどったものと推察された。

拷問の詳細が世間に漏れると、事件が一気に緊張を帯びたものとなった。外国の犯罪組織の介在、不正な資金の洗浄、麻薬取引の失敗など、さまざまな説が浮上した。

記事を書くための新たな糸口がなくなると、マスコミは二匹の犬の運命に一段と関心を寄せ、それぞれにウィリアムとハリーと名づけた。二匹に新たな家を見つけるべく、《サン》紙と《デイリー・ミラー》紙が競い合ってキャンペーンを展開した。何百人もの読者が引きとりたいと申し出る一方、寄付金を送ってくる人たちもいて、危うく二匹のシェパードはイングランド一の金持ち犬になるところだったが、バーネット区議会の副区長が名乗り出て二匹を飼うことになり、寄付金で動物保護施設を設立することを約束した。

それから数週間後に、この事件は新聞の大見出しからはずれたが、それもエンジェル・フェイスが発見されるまでのことで、こんどは世界的な大ニュースとなった。隠し部屋から見つかった謎の子供――現実というよりグリム童話のようだった。

ガスリーが送ってきたファイルのなかに、グレート・オーモンド・ストリート小児病院の入院書類の原本がある。

性別　女
氏名　不明

生年月日　不明
身長　百二十七センチ
体重　二十六キロ
健康状態　低体重。不潔。疥癬、アタマジラミ症、骨軟化症の徴候あり。会陰および膣壁に、深い裂傷や瘢痕組織など、長期にわたる性的虐待の痕跡がある。
特徴　左前腕の内側に、一ペニー硬貨大の母斑。右腿の膝から約十センチ上に傷跡。背中と胸に、煙草の火傷によるものと考えられる複数の外傷。
所持品　色ガラス八片。鼈甲(べっこう)色の大きなボタン一個。
着衣　汚れたジーンズ。毛のセーター（胸にホッキョクグマのマーク）。綿のショーツ。

担当者として名前の記載があるのは、特別巡査のサシャ・ホープウェルだ。彼女はエンジェル・フェイスをかかえて病院へはいっていく姿を写真に撮られた——その画像は瞬時に世界じゅうに伝わり、事件の代名詞とも呼ぶべきものになった。わたしはパソコンで検索してその画像を表示する。ホープウェル巡査は黒っぽいトレーニングウェア——トレーナー、ジャケット、レギンス——といういでたちだ。膝と肘に白い粉のような汚れがある。

両腕でかかえている少女は不潔で痩せ細っていて、髪が蛇のようにからまり、頬がこけている。病院の入院書類に書かれていたのと同じ服装だ。

イーヴィを見つけた当時、サシャ・ホープウェルは二十二歳だった。いまは二十八になっているはずだ。正規の警察官への足掛かりとして特別巡査になる者は多い。いまサシャがロンドン警視庁で働いている可能性はじゅうぶんにある。どういういきさつでイーヴィを見つけたのか、尋ねてみたい。殺人事件からずいぶん経ったころに、なぜあらためてあの家へ行ったのだろうか。

わたしは北ロンドンのバーネット警察署に電話をかけ、自動選択の迷路を抜けたのち、内勤の巡査部長にたどり着く。

「聞いたことのない名前ですね」さっさと追い払おうと、電話の向こうで男が言う。

「エンジェル・フェイスを見つけた巡査なんですが」

「ああ、あの人！　もうここにはいませんよ」

「どこへ行けば会えるでしょうか」

「さあね。ただのボランティアでしたから」

「特別巡査ですよ」

「まあ、同じことです」

わたしは電話を切り、フェイスブックかツイッターのアカウントがあることを願いつつ、グーグルにサシャの名前を打ちこむが、何も見つからない。そのかわり、新聞に載っていた写真をいくつか見つける。ウェンブリー・パークにある家――おそらく彼女の両親の家――から出るサシャを撮ったものだ。サシャは取り囲むカメラマンや記者たちを押しのけて、険しい顔で進んでいる。


さらに画面をスクロールして、《ハロー・タイムズ》紙の記事を見つける。娘に付きまとわないでくれ、とサシャの父親のロドニーがマスコミに注文するコメントが載っていた。

「あの子はマスコミと話すことを許されていないんです。あの子には何も話すことなんかありません。お願いですから、どうかもとの生活を送らせてやってください」


通りの名前が書いてある。わたしは逆引き電話帳を調べるが、ホープウェルという苗字の番号は載っていない。結局、運転免許庁に勤めている旧友に電話をかける。ドナ・フォーブズは一学年上で、仲のいい友人のひとりだ。

「昔の恋人の居場所を突き止めようとしてるんじゃないでしょうね」ドナが訊く。

「ちがうよ」

「そう、でも、嘘じゃないってどうしてわかるの？」

「エンジェル・フェイスを見つけた特別巡査を探してるんだ。あの事件を覚えてるか」

「もちろん。でも、どうして？　わたしは警察沙汰を引き受けることになるのよ」ドナは歯の隙間から空気を吸いながら言う。「もしつかまったら、仕事を失いかねない」そう話すあいだにも、キーを叩く音が聞こえる。「検索すれば、かならず履歴が残るんだから」さらに叩く音。「ウェンブリー・パークにロドニー・ホープウェルがひとりいる」住所と電話番号を告げる。

「そのうち一杯おごるよ」わたしは言う。

「夕食のほうがいい」

「きみは結婚してるだろ」

「乙女だって食べないわけにはいかないでしょ」

四回目の呼び出し音でロドニー・ホープウェルが出る。自分の電話番号を無愛想に唱え、それから言う。「もしもし」

「そちらにサシャはいらっしゃいますか」

少し間がある。

「あんたはだれだ」

「友人です」

電話から音がしなくなる。向こうが切ったのか、通信が切れたのかはわからない。もう一度電話をかける。呼び出し音が鳴りつづける。もう一度かけてみる。だれかが受話器を持ちあげたのち、架台に落とす。

わたしは静寂に耳を傾けつづける。

8

ウェスト・ブリッジフォード警察署の捜査本部には、あわてて組み立てたような間に合わせの印象がある。コンピューターのケーブルが床をくねくねとでたらめに這い、机が寄せられて島が散在している。室内で目を引くのはいくつも並んだホワイトボードで、この二十四時間で集まったデータで覆われている。犯行現場の写真、事件の流れ、連絡先の一覧。そうした情報の一部を、蛍光マーカーで強調したり丸で囲んだり、あるいは手書きの線でつなげたりして、ジョディ・シーアンの人生最後の数時間を説明するストーリーボードができている。

四十人の刑事がこの事件の捜査にあたり、監視カメラの映像を集めたり、聞きこみ調査をおこなったり、供述をとったりしている。徹夜で勤務した者も多く、疲労とカフェインの過剰摂取で目がやられているらしい。大半が男性だ。犯罪捜査部に女性を増やそうとかねてからレニーが力を尽くしてきたが、上層部からさまざまな思惑と性差別が暗に伝えられる。難題を多くかかえていても、レニーはめったに不平をこぼさない。ただし、歳を重ねるごとに、遠慮なく意見を言うようになった。公人である警察官として、レニーはときに旧弊で不公平だとみずから見なす法をも――人より財を守る法をも――執行するが、個人としては、犯罪の真の原因である貧困、倦怠、無知、貪欲に対して憤りをあらわにする。それらはどれも言いわけにはならない。レニーに言わせると、貧しいからと言って針を静脈に刺さざるをえないわけではないし、生活保護の小切手をギャンブルですったり、ごみのバケツをショーウィンドウに投げこんだり、ホームレスに火をつけたりする必要もない。〝どんな社会にもそれに見合った犯罪者がいる〟というのがレニーの考えだ。〝そして警察に対して、社会は進んで金を払うべきであり、強要されてするものではない〟。

十時の捜査会議がはじまっている。机に尻を載せて椅子へ両脚を伸ばし、耳を傾けているレニーに向けて、刑事たちが代わるがわる説明する。見覚えのある者もいる。愛称がつけられた刑事も多い。モンローはだれでもわかる理由で〝マリリン〟と呼ばれているが、こちらは生まれつきの金髪だ。その相棒の男はしじゅうカメラに写ろうとするため〝プライムタイム〟として知られている。わたしが個人的に気に入っているのは、デヴィッド・カランという、しゃれたいでたちの若手の刑事で、〝完璧な人間はいない(ノーバディ・イズ・パーフェクト)〟という格言をもとに〝ノーバディ〟と命名されている。

月曜日の花火大会の人出は推定二千人で、集まった車は三百台に達していた。駐車をすると違反切符を切られたが、だれもが周辺の通りから歩いてきて、ピクニック用の敷物を置いて見物できた。群衆を撮る監視カメラはなかったが、ラグビーチームが駐車場に一台カメラを置いていたほか、クリフトン・レーンの信号機ごとにカメラが設置されていた。

クルーカットの部長刑事がノートパソコンを見ている。「犯行現場から五キロ以内に居住する性犯罪者として、二十二名が登録されています。すでに八名から話を聞き、残り全員に本日じゅうに連絡をとります」

「そのなかでジョディの知り合いは？」レニーが尋ねる。

「三軒隣にケヴィン・ストークスが住んでいます。コヴェントリーのスイミングセンターで少年ふたりに性的虐待を働き、七年服役しました。被害者は当時、五歳と七歳でした」

「それはいつの話？」

「八年前に釈放されています」

「その後、何か事件を？」

「起こしていません。ケヴィンは障害年金を受給しています。動きまわるには電動カートが必要です」

「担当の医師に確認をとって」レニーはそう言ってから、別の刑事のほうを向く。「被害者の家族についてわかっていることは？」

プライムタイムが指を舐めて手帳をめくる。「ドゥーガル・シーアンはタクシーの運転手です。本人の証言によると、七時に家を出て、十二時間のシフトをこなしたそうですが、すべての行動の裏をとるのはむずかしいでしょう。これから業務日誌とクレジットカードの履歴を調べます。おじのブライアン・ウィテカーはナショナル・アイス・センターで教えています。元アルコール依存症患者で、八年前に教え子のひとりから不適切な行為について苦情が出て、しばらくコーチの資格を失っていました。訴えは取りさげられましたが」

「苦情の内容は？」

「シャワー室で写真を撮られたと訴えています。ブライアンは否定しました」

「写真はあったの？」

「一枚も見つかっていません」

「その教え子から話を聞いて」そう指示したあと、レニーはモンローに言う。「ジョディの兄――フィリックスについては？」

「事件の夜、早い時間には花火大会の会場にいましたが、八時前に数人の友達とその場を離れたそうです。本人の話によると、みんなでナイトクラブへ行って、十二時ごろに女の子を引っかけて、その子の家へ行ったとか。相手の住所も名前も覚えていませんでした」

「都合のいい話だな」ノーバディがぼそりと言う。

「ジョディの身に起こったことについて、フィリックスはひどく傷ついているようです」ゆうべシーアンの家の外で見かけた巡査が言う。

「本人と話をしたの？」レニーが尋ねる。

「はい。でも、あまりしゃべりませんでした。意志が強くて無口な若者だと思いましたが、陰気でふてくされているのかも」

「車を見たか」エドガーが言う。「最高級のレクサスだ。きっと仕事が順調なんだろう」

「どういう仕事か調べて」レニーが言い、それからノーバディのほうを向く。「ジョディの電話の件はどうなってる？」

「携帯電話の記録によると花火大会の会場にいたようですが、八時十二分に信号が途絶えています。きっと本人が電源を切ったんでしょう」

レニーが疑わしげな目を向ける。「ノーバディ、あなた、子供は？」

「いません」

「今後のために言っておくけれど、仮にちっちゃいノーバディを産みたいっていう女性が見つかったら、そのうちあなたにも、ティーンエイジャーってのはスマホなしで五分も生きていけないことがわかるはずよ。たいした理由もなく、ジョディが電源を切ったとは考えにくい」

「充電切れかもしれませんよ」モンローが言う。

「そうかもね」レニーは言うが、そう思っていないのは明らかだ。「ジョディの使ってた機種を調べて。追跡ソフトか、こちらからリモートで電源を入れられるアプリがはいってるかもしれない」

「了解しました」

「いつ、どこで信号が途絶えたの？」

「フィッシュ・アンド・チップスの店です、サウスチャーチ・ドライブの〈イン・プレイス〉っていう」

「店員から話を聞いて。ジョディがいたことをだれか覚えているかもしれない。通話記録とテキストメッセージは？」

「サービスプロバイダーからの連絡待ちです」エドガーが言う。

「ノートパソコンのほうは？」

「検索履歴を調べましたが、不審な点はありませんでした――ただし、本人が定期的に履歴を消去していました。大半は宿題、ミュージックビデオ、服、化粧などの情報です。i

Ｃｌｏｕｄのアカウントにアクセスを試みていますが、あの手の会社ときたら、あらゆる要求を市民の自由に対する攻撃と見なしますからね」

「われわれはファシストだからな」プライムタイムが不満げに言う。

「〝闇の国家〟ってわけね」モンローが言う。

レニーが立ちあがりながら、千鳥格子のズボンを引っ張りあげて、両手で髪を梳く。

「そう、月曜の夜にジョディと接触した全員から話を聞きたい。友達、近隣住民、隠れファンを含めてね。それと、ＳＮＳでジョディをフォローしている者全員と、ジョディの投稿にコメントした全員を調べて」

レニーは捜査班を四つのチームに分け、それぞれの責任者として、階級の高い者を一名ずつ指名する。あるチームは戸別の聞きこみ調査にあたり、別のチームがジョディの行動を追跡し、第三のチームがその地域に住む性犯罪者の行動を調べ、第四のチームが花火大会でジョディと話しているのを目撃された者を洗い出す。

捜査会議が終わり、刑事たちが四方へ散る。何人かが椅子の背に掛けてあったコートを手にとって、外へ出ていく。レニーがわたしに向かってうなずく。ふたりきりで話をしたいらしい。レニーは自室のドアを閉め、背もたれの高い椅子に腰かけたのち、机の抽斗をあけて、香りつきの蠟燭を取り出す。マッチでそれに火をつけると、人工的なレモンのにおいが部屋に充満する。

「パーソナルトレーナーに勧められたの」レニーが言う。「ストレスを和らげるんですって。においを隠すんだと思う」

「なんのにおいを？」

「四十人の刑事とファストフード、それに過剰なカフェインの」

わたしはレニーのノートパソコンに、結婚祝い用のほしい物リストが表示されているのに目を留める。

「妹がまた結婚するのよ」レニーは説明する。「ふたりも夫がいたんだからもう自重すると思うでしょ。ところが、何から何まで全部やる気らしくてね――馬車も、白いウェディングドレスも、マナーハウスでの披露宴も。家族は全員参加で、妹が八月にカリブの船旅で出会った男と永遠の愛を誓うのを見守らなくちゃいけないの」

「三度目の正直とも言うけど」

「相手は忌々しい歯科医なのよ！」

レニーはノートパソコンを閉じて、机から移動させ、窓枠に背を預ける。「何か知らせは？」

「まだ何も」

「あなたの肚のうちは？」

「妙なことに、ぼくの大腸はけさからだまりこんでいる」

レニーは〝なるほど〟とでも言いたげにうなずく。

わたしと親しいわりに、レニーは心理学を科学として完全には認めていないし、犯罪プロファイリングを重要な手段と考えていない。学術を軽んじているわけではないが、心理学を超能力占いや超感覚的知覚（ESP）と同種のいかがわしいものに近いと見なしている。加害者の情動障害を理解しようとせず、自分を加害者の立場に置いて考えることもない。犯罪者の目を通して世界を見ることも、犯罪者のかかえる苦悩を想像することも、犯行の動機に共感を示すこともない。犯人を逮捕して収監するのにそれが邪魔になる場合があるからだ。臨床心理士は動機を気にするが、それは陪審や俳優、さらには自殺でだれかを失った人と同じだ。殺人課の刑事にとって、〝気持ちを突き動かすもの〟や〝心を駆り立てるもの〟は、行為そのものの重みとは比べ物にならない。「理由なんて屁みたい」とレニーはよく言う。「何、どこ、どんなふうに、だれが、を報告するように」と。

レニーは腕を組んでいる。わたしが話すのを待っている。

「ジョディは攻撃者にとって危険の少ない獲物だった」わたしは言う。「若くて、歳のわりに体が小さいから、押さえこみやすかった。襲った場所も危険が少なく——夜のあの時間には人通りがなくなるひっそりとした道だ。ジョディがいつも通る道ではなかったことを考えると、計画的な犯行ではなさそうだな。事前に会う約束をしていたなら話は別だろうけど、予定外だった可能性のほうが高いだろうね。背後から襲われ、即座に組み伏せられた。犯人は縛るものを何も持ってきていなかったし、あと始末を試みた形跡もほとんどない」

「死体を隠そうとしているけど」

「枝を二、三本──隠すと言っても形ばかりだ。パニックに陥ったか、何かに驚いて逃げ出したんだろう。不慣れだったんじゃないかな。ずさんな犯行だよ。レイプは計画になかった。殺すつもりもなかった」

ドアがノックされる。

「見つかりました、ボス」エドガーが言う。

エドガーのあとについて捜査本部へもどると、ふたりの刑事がクリフトンの監視カメラが写した月曜日の夜の映像を調べている。レニーのために場所をあけようと、椅子がいくつか後ろへずらされる。わたしはレニーの背後から作業を見守る。

エドガーが〝再生〟ボタンを押す。並んだ店の前に延びる閑散とした歩道が映し出される。ネイルサロン、コンビニエンスストア、美容院、カーペットクリーニングの会社、フィッシュ・アンド・チップスの店。四人の若者が画面に登場する——女がひとり、男が三人だ。ふたりは缶のままビールを飲んでいる。女はダウンジャケットにタイトジーンズとブーツという恰好でいる。ジョディ・シーアンだ。いちばん背の高い男がジョディの肩に腕をまわすと、ジョディは肩をすぼめて逃れ、その拍子に男の子が持っていたラガービールの缶をはたき落とす。男が怒ってジョディをにらみ、泡の出ている缶を拾って振ると、ビールが噴き出す。男はあとのふたりに追いつこうと駆けだし、画面から消える。

「その十四分後です」エドガーが言いながら、監視カメラの映像を早送りする。ジョディが歩いてもどってきて、画面に現れる。どうやらひとりらしい。街灯の下に立ち、携帯電話を鏡代わりにして口紅を塗りなおす。

「だれかを待ってるのかしら」レニーが画面に体を近づけて言う。

そのときジョディが顔をあげ、画面の外のだれかに手を振る。数秒後、ジョディは歩道の縁石から離れて、画面の外へ消える。

「以上です」エドガーが停止ボタンを押して言う。わたしは画面の下のほうに表示されたタイムコードを見る。20:48。

「ジョディの携帯電話の信号が止まった時刻は？」わたしは尋ねる。

「二十時十二分です」エドガーが言う。

だろう」

「二十時十二分に電源が切れたのに、なぜその十五分後に街灯の下で電話を使っていたん

「二台目を持ってたのよ！」レニーが大声をあげる。

わたしはエドガーの肩を軽く叩き、もう一度映像を再生してくれと頼む。

「スローでお願いします」

ジョディが街灯の下にいる。手を振る。縁石から離れていく。

「そこ！」わたしは画面を指さす。だれも反応しない。「ジョディの影が変化している。ただ伸びただけじゃなく、左から右へ移動している。車がUターンしたんじゃないかな」

「そうね」レニーが言う。「だれかが彼女を車に乗せたのよ」

9

ブザーが鳴る。ドアが解錠される。ラングフォード・ホールの新設部分ではどこでもカメラと職員が追加されていたが、ほとんどの警備が地味で目立たない。各部屋のドアはのぞき窓のある鎧戸で、ガードロックがついている。窓はプレキシガラス、バスルームの鏡はプラスチックだ。あらゆるものがねじや留め金や蝶番で固定され、武器や首吊り用の輪として使えるものはひとつもない。

イーヴィの部屋にはシングルベッドと机があるほか、吊りさげ収納部と抽斗の部分が仕切られたクロゼットがある。平らな面はすべて、犬の写真で埋めつくされている。雑誌の切り抜きを念入りに貼り合わせて、大きさも形も犬種もでたらめな写真で作ったコラージュだ。グレートデーンより大きいプードル。ジャック・ラッセルテリアの鼻の上でバランスをとるビーグル。

イーヴィの机には、辞書が開いたまま置かれている。いくつかのページに付箋がつき、下線が引いてある単語も多くある。そのかたわらにある古びたトランプは、だれかに一枚引かれるのを待ち受けるかのように、伏せて扇形にひろげられている。ジョディ・シーアンの寝室とはちがって、ここにはスポーツ選手や人気歌手のポスターも、友人の写真もない。

「すわってもいいかな」わたしは尋ねる。

イーヴィはあいまいに肩をすくめる。わたしはひとつしかない椅子をイーヴィのいるベッドのほうへ向ける。イーヴィはベッドのヘッドボードにもたれて、両脚を伸ばしている。整髪料でまとめたポニーテールを首の片側へ垂らし、化粧がやけに厚塗りで、まつ毛を持ちあげるのも大変そうだ。イーヴィは親指でカチリと音を鳴らしてボールペンの芯を出し、また鳴らして芯をしまう。

「犬が好きなんだな」わたしは壁に目をやりながら言う。

「それって質問？」

「観察の結果だよ」

「さすがだなあ、シャーロック」

「いつからここにいるんだ」わたしは尋ねる。

「今回の入所期間――十カ月と四日と十一時間」

「きみのいちばんの罪は？」

「知ってるんでしょ」

「きみの口から聞きたくてね」

「割れた煉瓦でほかの人の顎を砕いてやったの」

「なぜ？」

「あたしのお金を盗んだから」

「当然の仕打ちだと思う？」

「思う」

イーヴィは目を険しくして、蔑みの目でわたしを見る。「何をする気かはわかってる。相手に悪いことをしたって、あたしに思わせたいんでしょ。反省の態度を示すようなら二度としないって考えてるんだよね。だけど、あたしのものを盗んだり、あたしを傷つけたりするやつがいたら、泣き寝入りするつもりはないから」

イーヴィは脚をたたんで、両手で膝をかかえる。

「イーヴィ、きみのいちばんの望みは？」

「あたしが何をしたいのか教えてあげる、あたしがほんとにすごくしたいこと」イーヴィは節をつけてスパイス・ガールズの曲を歌い、そのままプリンスの曲に変えていく。「きみの恋人になりたい。ひと晩じゅうきみに火をつけたり消したり、きみを叫ばせたい」

イーヴィが先をつづける前に、わたしは言う。

「退所の許可が出たら、きみは何をする？」

「なんだって大満足に決まってるでしょ。ソーシャルワーカーとか、あんたみたいな人たちの相手をしなくていいんだから。あ、気を悪くしないで」

「気にしていないさ」

イーヴィはベッドの向こうへ手を伸ばしてマニキュアの瓶を手にとり、蓋をまわしてあける。右脚を膝に載せ、小さく繊細な動きで足の爪を塗りはじめる。紫色に。

「心理テストをやるつもり？　あたし、すごく得意なんだ」架空の鉛筆を舐めて、書き留める準備をする。「病気の人や困っている人を見て、あなたはその人の身になって考えることができますか」スウェーデン訛りで言う。「(A) まったくできない、(B) あまりできない、(C) 少しできる、(D) どちらかと言えばできる、(E) かなりできる、(F) いつもできる」

わたしは答えない。イーヴィはつづける。

「あなたの考え方や感じ方を、ほかの人がコントロールできると思いますか。(A) まったく思わない、(B) あまり思わない、(C) 少し思う、(D) どちらかと言えば思う、

(E)かなり思う、(F)クソがつくほどいつも思う」
わたしは口をはさむ。「心理テストは何度も受けたのか」

「何十回も」

「なぜだと思う?」

「頭がいかれてるとみんなが思ってるから」

「それはなぜ?」

「こっちが訊きたいよ。精神科の先生なんでしょ。ここに来たのは棒で熊をつくため。あたしが嚙みつくかどうかを見にきたんだよね」

「人を驚かせて楽しいか」

「うん」

「どうして?」

「すごく簡単だから」イーヴィは架空の鉛筆を耳の後ろにはさむ。「あんた、元麻薬中毒者ね?」

「なぜそんなことを訊くんだ」

「ここのケースワーカーには、依存症だった人がたくさんいるんだもの。なんでだと思う?」

「依存症について理解しているからじゃないか」

イーヴィはわたしの手首を指さす。シャツの袖がまくれて、刺青がほんの少し見えている。

「注射針の痕を隠すために刺青を入れる人もいる」

「わたしはちがう」

「マリファナを吸うの？」

「もう吸っていない」

「なんでやめたの？」

「一時的に頼ったんだ」

「ものすごく正直で……退屈だね」

「わたしが退屈させていると？」

「退屈なのはこの場所」

「だからきみは嘘をついたり服を脱いだりして、グループセラピーのセッションを妨害するのか」

「そういうわけじゃないけど。まあ、そうかも。あたしにはまわし車があるの」

「なんだって？」

「ハムスターのまわし車よ――こういうところじゃ、みんなが持ってる。正気を保つために」

「きみの場合は何？」

「もうどうだっていい」

「信じられないな」

「好きにすれば」

イーヴィは足をあげて、爪先に息を吹きかける。

「ここに友達はいる？」わたしは訊く。

「いない」

「なぜ？」

「ましな子もいるけどね。ネイサンとクリアリーは刑務所帰りで、いきがってれば女の子たちが自分と寝たがると思ってるみたい。でも、だれとでも寝るなんてとんでもないから」

「きみはそうじゃないの？」

イーヴィは片方の眉をあげる。「ヤリマンだって言いたいわけ？」

「付き合っている男がいるかと訊いているんだ」

「女の子を好きかもしれないでしょ。決めつけないでよ。シャーロット・モリスとキスしたこともある──舌も入れてね──でも、あれはただの度胸試しだった」

「シャーロットは友達だった？」

「どうかな。あの子も家にもどったんだ。みんな、結局いなくなる」

「きみ以外は」

イーヴィは肩をすくめる。そこに時代を問わない人間らしさが感じられる。

「これまでの里親はどうだった？」わたしは尋ねる。

「さんざんだった」

「何があったんだ」

「送り返されたの」

「全部の里親に？」

「自分から逃げ出したこともあったけど」

「最後にきみを預かった家族のことを聞かせてくれ」

「ああ、マーサとグレイムね。ヒッピーで、ビーガンだった。世話になってた薬草医を脳外科医みたいに扱っててね。あたしの態度は食生活のせいだって言い張って、気味の悪いものを食べさせようとしたんだ」

「だから逃げ出したのか」

イーヴィはひと息入れて考える。「さあね。たぶんそう」

「どこへ逃げたんだ」

「エディンバラ」

「六週間、自活してたわけだ」

「あのままほっといてくれたら、ひとりでうまくやれたのに」

「きみはギャンブルでつかまった」テーブルの上のカードに目をやる。「トランプが好きなのか」

「うまいよ」

自慢げには聞こえない。

「この前、セリーナにずいぶんきつくあたっていたね」

「あの子が嘘をついてたから」

「嘘かどうかわからないだろう」

「わかる」

イーヴィはマニキュアを塗る手を止め、足の親指の上で刷毛を浮かせたまま顔をあげる。ポニーテールから湿った後れ毛の筋がこぼれている。

「サイラスって呼んでいい？」

「いいよ」

「言わせてもらうけど、サイラス、あんたみたいな人があたしを観察して、その理由を言わないのはずるいよ」

「観察されていると思うのか」

「思う」

イーヴィはマニキュアの蓋をまわして閉めたあと、足先をこちらへ向ける。「これ、どう？」

「いいね」

「かわいいと思うでしょ、サイラス」

イーヴィは両脚を伸ばして、わたしの膝にかかとを載せる。こんどは爪先を伸ばして、わたしの股間に押しつける。

「女の足に感じるタイプ？」

「いや」

わたしはイーヴィの脚を持ちあげてベッドの上におろす。

イーヴィはにっこり笑う。「同性愛者じゃないのはたしかだね。結婚してる？」

「名前は？」


「していない」

「恋人はいる？」

わたしはためらったのち、答える。「いる」

「ふうん」イーヴィは信じていない様子で言う。

「クレア」

「いっしょに住んでる？」

「仕事で海外にいる」

「いつもどってくるの？」

「よくわからないんだ」

「ふううん」イーヴィがまた言う。

わたしは自分に苛立つ。ガスリーに前もって脅されていた。そのせいで、こんなふうにばか正直になっているのだろうか。

形の上ではクレアとの付き合いが絶えたわけではないので、まだ別れていないと思っているが、毎日だったスカイプでのやりとりが週に一度になり、近ごろは月に一度にまで減っている。クレアはいまオースティンにいて、テキサス州の弁護支援団体で死刑囚たちの上訴手続きに取り組んでいる。任期は六カ月の予定だったが、すでに十カ月が経った。クリスマスをニューヨークでいっしょに過ごす計画を立てていたのに、二週間前にクレアから、クリスマス休暇もずっと仕事があると告げられた。わたしはオースティンまで出向こうかと提案したが、出国しないほうがきっと楽しめると言われた。

「犬をなんて呼んでた？」わたしは尋ねる。

イーヴィはためらう。「犬って？」

「きみが庭で面倒を見てた二匹のシェパードだよ。新聞はウィリアムとハリーって呼んでたけど、きみも名前をつけてたはずだ」

イーヴィの目に怯えの色がひらめく。素性を知る者に慣れていないのだろう。

「あたしのことはだれにも話しちゃいけないんだよ」イーヴィは不安そうにドアを横目で見て言う。「法にふれるから」

「わかっている」

わたしはイーヴィの緊張が解けるよう、少し時間を与える。

「シドとナンシー」イーヴィは犬の話にもどる。

「きみが名づけたのかな」

「ちがう」

「テリーはセックス・ピストルズが好きだったわけだ」

「なぜ犬を放さなかったんだ？　きみは夜中にこっそり外へ出て、犬のために食べ物を盗んでた――自由にしてやることだってできたのに」

イーヴィは無言に陥っている。廊下の先でだれかが叫ぶ。別のだれかの声が答える。また別のだれかが静かにしろと命じる。

「仲間がほしかったんじゃないかな」わたしは言う。「シドとナンシーはきみの友達だった」

イーヴィの頭のなかでまわし車が回転するのが目に見えるかのようだ。イーヴィはつぎの質問に備えて気を引き締めている。当然の質問、いちばんきびしい質問に。チャンスがあったのに、なぜ逃げなかったのか？　その問いをイーヴィにぶつけるつもりはない。それはつまり、イーヴィがいわば共謀者である――一連の出来事の責任がイーヴィにある――と見当はずれなことをほのめかすことになるからだ。

そもそも、訊かなくても答はわかっている。エリザベス・スマート、ジェイシー・デュガード、ショーン・ホーンベック、ナターシャ・カンプシュ――みな、有名な誘拐事件の被害者であり、逃げるチャンスはあったのに、筋ちがいの忠誠心と愛情、あるいは〝植えつけられた無力感〟ゆえに、誘拐者とともにとどまることを選んだ。

イーヴィも同じだ。ゆがんだ依存関係に引きずりこまれ、縛られていた。感覚遮断と脅迫と暴力とやさしさを使い分ける典型的な手法で、虐待者が洗脳していた。両親が死んだ、あるいは自分を捨てたと信じこませたか、おまえの命を狙う者がいる、このテリー・ボーランドだけがおまえを守ってやれると言って、新たな日常を作りあげたのだろう。

「その後もサシャ・ホープウェルと連絡をとっていたのか」わたしは尋ねる。

「だれ？」

「きみを見つけた警官だよ」

イーヴィは肩をすくめて、その名を思い出せないふりをする。

「どうやってきみを見つけたんだろう」

「運がよかったんでしょ」

「ものすごく頭がいい人なんだろうな」

イーヴィは顔をしかめる。

「例の有名な写真――サシャがきみをかかえて病院へはいっていく写真――では、サシャの膝と肘に白い粉がついていた。その粉がきみのむき出しの足にもついていたんだ。そのことがしばらく頭を離れなくてね。そのうち、粉はベビーパウダーだと気づいた。サシャは家のどこかにきみが隠れていると踏んで、暗くなるまで待ち、床じゅうにベビーパウダーを撒いた。で、翌朝きみの足跡を見つけた。階段をのぼって、廊下を進み、ウォークイン・クロゼットへはいっていく足跡をね。すごく頭がいいと思わないか」

イーヴィはなんの反応も示さない。

「職人たちがあの家を改築中だった。売りに出されていたんだ。きみはどうなると思っていたのかな」

「たぶん、ほかに隠れる場所を見つけてたと思う」イーヴィは当然だと言わんばかりに答える。

「シドとナンシーのことは？」

イーヴィは答えられない。その問いに苛立っている。「もう行きたいんだけど」

「なぜだ」

「ばかな質問ばかり訊かれるから」

「それで腹を立てたのか」

「そう」

「きみが腹を立てることはほかにもある？」

「なんでも一般論にまとめること。偽善者たち。自分がやってもないことで責められること。子供を傷つけるやつら」

「きみは傷つけられたのか」

「なんでそこに飛びつくの？」

「関心があるから」

「全部ファイルに書いてあるでしょ」

「いや、なかった」わたしは言う。「きみは相手によっていつも話を変えている」

「真実が変わるのかもよ」

イーヴィはわたしの腕に手を伸ばし、袖を前腕の上までまくりあげて、花の上を舞うハチドリをあらわにする。

「あたしも刺青を入れるつもり」イーヴィは言う。

「特別なものを？」

「大胆で思いも寄らないもの。蝶とか花とか鳥とかじゃなくて」

「鳥は好きだがね」

「あたしは自分を表現したい」イーヴィはハチドリの輪郭をなぞる。「痛い？」

「ああ」

「いまは正直だね」

「いつもだよ」

「それは嘘」

「イーヴィ、きみには声が聞こえるのか」

「ううん」

「不安を感じる？」

「そんなには」

「きみがいちばん恐れているものは何？」

「あたしの死を望む人たち」

「だれのこと？」

「名なしのやつら」

「きみには神から授かった力がある？」

「ない」

「呪いの力は？」

イーヴィは顔をあげてわたしを見る。鏡のような目に映ったわたしの姿が、こちらを見つめ返してくる。

「ある」

10

死体保管所の所長は痩せた鉤鼻の男で、落とし穴を思わせるふたつの鼻孔にばかり目が吸い寄せられる。そこを見つめないようにしながら、わたしは名刺を差し出し、ドクター・ロバート・ネスに会いたいと告げる。

「警察のかたじゃありませんね」所長はわかりきったことを言う。

「殺人事件の捜査を手伝っています」

ほんとうの目的は臓器を盗むことだろうとでも言いたげに、所長が疑いの目を向ける。電話がかけられる。許可がおりる。わたしは来訪者記録に名前を書き、カメラを見つめる。写真が撮られて、ラミネート加工され、わたしの首にかけられる。

死体保管所はクイーンズ・メディカル・センターの五階にあり、わたしは前々からそのことに違和感を覚えている。ふつうは地下にあるものであって、そのほうが万人が還る場所に近い気がするからだ。塵は塵へうんぬんというではないか。

緑の手術着姿の見習い病理医が受付から迎えにきて、わたしを連れて長い廊下を進み、検死室の前を通り過ぎる。ステンレスの手術台がいくつかあり、頭上にハロゲン灯が並んでいる。

「遅刻だぞ」ネスが言いながら手袋を脱ぎ、ごみ箱へほうりこむ。タルカムパウダーが指に残っていて、浅黒い手が不自然なほど青白い。ネスが両手をあげると、汚れた手術着を助手が脱がせ、額から保護眼鏡をはずしてやる。

ジョディの遺体が手術台に置かれている。胴から恥骨まで走る十字縫いの痕が、そこから内臓を取り出して重さを量り、検査したことを物語っている。縫い目がぞんざいなのは、もう傷跡をきれいにする必要がないからだ。明かりに煌々と照らされた体は真っ白で、大理石の像のように見え、皮膚のすぐ下で青い静脈が入り組んでいるのが透けて見える。歳のわりに小柄で、スケートで鍛えたせいで腰が引き締まり、脚は筋肉質だ。両腕には擦過傷があり、眼窩には紫色の染料がたまっているかのようだ。

ネスが背伸びをして、頭上のマイクロフォンのスイッチを切ったのち、体の向きを変えて右脚に体重をかけた拍子に痛みで顔をしかめる。

「だいじょうぶですか」

「痛風だ」それ以外の説明は必要ないというように、ぼそりと言う。「担当医から、煙草も酒もやめろ、脂っこいものは食うなと言われてる。女房とぐるなんじゃないかと思うんだ。

「あのふたり、寝てるのかもな」

「夫の死を望んでいるなら、そこまで気にかけたりしませんよ」

「まあな」

別の助手が、署名の必要なクリップボードを持って近づいてくる。ネスは大げさな手つきで署名する。「朝までにこの血液を調べてもらいたいと鑑識に伝えてくれ」

「何かわかりましたか」わたしは尋ねる。

「答より疑問のほうが多い」

ネスは手術台へ歩み寄り、白いシーツを手にとって、顔だけ出るような形でそのシーツをジョディの体にかける。顎の下へシーツをたくしこみ、愛娘に別れを告げる父親のような手つきでジョディの頬をなでる。

「髪に付着していた精液を調べれば、DNAの情報が判明する。体内からは検出されなかったが、右太腿にわずかに残っていて、潤滑油の痕跡もあった。つまり、コンドームが使用されたらしい。膣に裂傷や擦過傷は見受けられないから、合意のうえでの性交だったと考えられる――少なくとも、はじめは」

「なぜセックスして、そのあと髪に射精を？」

「それはわたしではなく、きみの領域だよ」ネスは言い、容器が口に直接あたらないようにして、プラスチックのボトルから水を飲む。それから口もとをぬぐって言う。「ジョディの爪のあいだに泥がはさまっていたが、皮膚細胞は検出されず、明らかな防御損傷もなかった。擦過傷はイバラや枝によるものだ」

「頭部への殴打があったとおっしゃっていましたね」

「鈍器損傷のたぐいで、頭頂骨に微細なひびができているが、頭蓋内出血はない」ネスは自分の後頭部を指す。「その瞬間、本人には見えなかっただろうな。殴られて気絶したか、見当識を失った可能性が高い。肺に池の水がたまっていたから、ふらついて歩道橋から落ちたか、突き落とされたかのどちらかだろう」

ネスは空になったボトルをごみ箱へほうる。ボトルは音を立ててごみ箱の内側を滑り落ちる。

「ジョディは服を脱がなかった。ジーンズを引きさげられたまま、仰向けに倒れていたんだ。そして、二度と起きあがらなかった」

「死因は？」わたしは尋ねる。

「いい質問だ」ネスは答を焦らない。そばのベンチまで歩いていって、靴を履き替える。

「乾性溺水について聞いたことは？」

「ありません」

「肺に水を吸いこむと、体に酸素がまわらなくなって、動けなくなる。胸いっぱい空気を取りこんで、咳とともに水を吐き出せば、たいていはまたふつうに息ができるようになる。すべて問題なしだが……そうならない場合もある」

ネスはわたしの困惑を見てとる。

「二次溺水、あるいは遅発性溺水と呼ばれる状態がある。幼い子供の場合は一瞬のうちに起こることもあるが、大人では通常、もう少し進行に時間がかかる——数時間から数日というところだな。もとから肺に損傷があった者、肺疾患のある者は重症化しやすい。ジョディ・シーアンは八カ月前に肺炎にかかって入院していた」

「陸地で溺れたということですか」

「おそらくな。理屈のうえではそうだ。みずから落ちたか、投げ落とされたんだと思う。冷たい水で正気に返ったかもしれない。水から這い出たものの、呼吸が苦しかった。必要な呼吸運動を横隔膜が生み出せなくなっていたからだ。それが体の自由を奪った。動けなくなった」

「絶好の標的ですね」

「まさしく」

ネスはコートの袖に腕を通す。「正確な死因はわからないが、月曜の夜は氷点下まで気温がさがったからな。体が冷えて、水に濡れ、ほとんど意識がなかっただろう。だれかが見つけないかぎり、絶命するのはまちがいなかった」

引きあげる途中、見学室と待合室の前を通る。プラスチックの椅子に人がひとりだけすわっていて、膝に肘を突いて前かがみになり、床に視線を据えている。顔を見るまでもなく、フィリックス・シーアンだとわかる。

「はじめまして、わたしはサイラス——」

「あんたが何者かは知ってる」

「妹さん、お気の毒に」

「知り合いですらなかったんだろ」

「それはそうだが——お悔やみを言わせてもらうよ」

フィリックスの耳の後ろに煙草が一本はさんであるのに気づく。フィリックスはときどき手でその煙草にふれ、それから髪に指を走らせる。ゆるいジーンズにフードつきのスウェットシャツといういでたちで、ひょろ長い体にだらりと着ているので、針金のハンガーに服が掛けられているかのように見える。

「ずっと待ってたのかい」わたしは尋ねる。

「ジョディに会いたくて」ことばが喉でつかえる。

「理由を訊いてもいいかな」

「妹だからさ。それでじゅうぶんだろ？」

「たったいま検死解剖が終わったよ。これから妹さんの準備をするところだ」

ジョディが清潔な寝間着を着せられ、髪を梳かされる光景が目に浮かぶ。それから仰向けに寝かせ、顔と手だけが見えるようにして白いシーツで全身を覆うことになる。

「最後に彼女を——ジョディを見たのはいつかな」

「花火大会で」

「何時にそこを離れた？」

「くだらないことをもっと訊きたいんだろ」フィリックスは声を荒らげ、ナイトクラブへ行って女の子を引っかけたいきさつについて、警察で証言したのと同じことを早口で繰り返す。「母さんから電話がかかってきて、はじめてジョディのことを知ったんだ」

「妹さんとはうまくいっていたのか」

「なんだよ、その質問は？」

「妹さんのことをもっと知りたくてね」

フィリックスは目を険しくして、わたしの目を見据える。黒い。きびしい。「おれが殺したと思ってるんだな」

「そうじゃない」

フィリックスはわたしの視線を受け止められない。緊張がゆるむ。肩をすくめる。「まあ、うまくいってたよ。おれが家を出てからは、会うことが少なくなったけどね。妹にはスケートがあった。おれにはクソみたいな仕事があった」

「どんな仕事だ」

「物を買ったり売ったりさ、だいたいｅＢａｙで。蓼食う虫も好き好きって言うだろ」

「儲かるのか」

「聞いたら驚くさ。みんな、どんなものでも捨てるんだ。この前、箱いっぱいのレコードを拾ったら、〈スティッキー・フィンガーズ〉の新品もあったよ。ほら、あのローリング・ストーンズの有名なやつ。未開封だよ。新品同様。最低でも、三千ポンドの価値はある」

フィリックスはその話をするあいだ、こちらの反応を測るかのようにじっと見つめている。突然、話題を変える。「妹はレイプされたのか」

「性的暴行を受けていた」

唾を呑む。「苦しんだのかな」

「わからない」

フィリックスは指を開いてから、また閉じてこぶしを握り、小刻みに膝を揺する。看護師がやってくる。遺体の準備ができたから対面できるという。フィリックスはためらう。嚙みしめた下唇が見えなくなるほどだ。

「気が変わった。会うのはやめとくよ」

フィリックスはわたしの横をかすめて廊下を進み、エレベーターのボタンを苛立たしげに押す。どうしても外へ出たい、ここから離れたくてたまらないらしい。まるで嘔吐を催して、吐く場所を探しているかのような顔だ。エレベーターのドアが閉まると同時に、フィリックスは両腕でテントを作るように頭をかかえ、暗い洞穴にある宝石のように目を光らせる。

11

日が差しているときのシルバーデール・ウォークは別世界だ。木々だけが朱と赤に輝き、ほかはむき出しで灰色のままだ。画家が風景画を描きあげる前に、パレットの絵の具を切らしたかのようだ。昼の日差しがこの土地に物語を与え、目標物や視角を明らかにする。鬱蒼とした立木に覆われた尾根。下生えの茂る雑木林。葦にふちどられた池。

ジョディの家から出て、死体が発見された空き地まで、歩いて十二分かかった。若い巡査がひとり、現場の見張りに立ち、野次馬が近づきすぎないよう目を光らせている。いつの間にか、花やカードやぬいぐるみが積みあげられて山となり、急ごしらえの追悼の場ができている。だれが作ったのか、〝ジョディのために正義を〟と書かれた札がある。立入禁止テープの残骸がそよ風にはためいている。

警察の潜水班の面々は装備をまとめているさなかで、エアーボンベを木の棚に載せ、濡れたウェットスーツを手すりに掛けている。最後のひとりが水からあがる。海草や雑草にまみれて水をしたたらせる姿は、歩行の能力を得る前、まだ這って進んでいた原始時代の海の怪物そのものだ。

その男が立ちあがり、潜水マスクをはずすと、マスクが垂れさがって胸にあたる。ウェットスーツに覆われた、樽そっくりのずんぐりした体は、花崗岩か黒檀でできているように見える。エアーボンベを大きく振って地面におろし、ハーネスをはずす。

わたしはテープをくぐって、土手を苦心しておりていき、池の横でその潜水士と合流する。相手がこちらを一瞥してからウェットスーツのフードをとると、乱れた巣のような髪が現れる。

「どうも、ドクター・ヘイヴン」

「やあ、ソーンデール巡査部長」

湿った手を握り合う。わたしは腿で手をぬぐいたい衝動を抑える。

ジャック・ソーンデールは元患者で、かつては人質解放交渉人だったが、警察による十六時間の包囲作戦が失敗に終わったあと、わたしのもとを訪れた。不満が爆発した従業員が、同僚四人を撃ち殺したあと、その銃で自殺したのだ。ジャックはそれを自分の失態ととらえ、結婚生活と仕事をほとんどふいにした。やがて、頭のいかれた連中との交渉より汚物のなかを歩くほうがましだと言って、警察の潜水士として再訓練を受けたのだった。

「何か知らせは？」わたしは尋ねる。

「もぐればもぐるほど、クソが浮いてくるだけだ。被害者がスマホを落としていたとしても、いまごろはもう下流に流されてるか、泥の底に沈んでるよ」

ジャックは、池から引きあげられたがらくたの山を覆う防水シートを指さす。自転車数台、ショッピングカート、砕けたコンクリート、金属管、割れた煉瓦、得体の知れない機械部品、すべてが泥まみれだ。

「鑑識が調査に向かってる。さっきの潜水作業で凶器を拾った可能性もあるが、見こみは薄いな」

だれかがバンから大声をあげる。同僚たちが凍えて、撤収したがっている。

ジャックはそちらへ向かって親指を立てる。「この事件の調査を？」

「ああ」

「幸運があるよう祈るよ。もっとも、あんたは運（ラック）を信じてないけど」にやりと笑う。

治療中の面談のとき、偶然（チャンス）と運（ラック）のちがいについてジャックに話したことがある。偶然は現実世界における無作為の結果であるのに対し、運はその結果がよいか悪いかを決めるときの評価のことだ。警察がジョディの携帯電話を見つけるかどうかが幸運（ラッキー）なのか不運（アンラッキー）なのかはともかく、それはやはり偶然にほかならない。

エアーボンベを肩にかけて、ジャックは傾斜のきつさを感じさせない足どりで土手をのぼり、チームに合流する。わたしは歩道橋まで歩いていって、手すりから身を乗り出す。この前の雨で増水した小川が勢いよく流れ、池へ注ぐあたりで泡立っている。

この人通りのない静かな場所にふたりの人間がやってきて、その一方が死んだ。短いものであれ、暴力をともなうものであれ、なんらかのやりとりがあったはずだ。ふたりで何を話したのだろう。最後の瞬間をここでどう過ごしたのか。ふたりはどんな人間関係や経験で形作られていたのだろうか。

ある状況でどのように反応するかは、人によってそれぞれ異なる。ジョディは月曜の夜に道で見知らぬ人物に会ったとき、とっさに相手を危険と見なす人間だったのか、それとも笑顔で挨拶する人間だったのか。会話をみずから切り出すほうなのか、それとも問われてから答えるほうなのか。引き返すだろうか。逃げるだろうか。戦うのか。命乞いをするのか。

ひょっとしたら、相手は知り合いだったのか。ここまで連れてこられたのかもしれないし、信頼するだれかに誘い出されたのかもしれない。ジョディは夜の早い時間に車に拾われた。二台目の携帯電話を持っていた。これはつまり、ひそかに連絡をとっていたということだ——恋人か、気軽なセックス相手と。

どこかの時点で、ジョディは背後から、おそらくだしぬけに襲われた。そのとき、相手に背中を向けていた。信頼していたか、逃げようとしていたかのどちらかだろう。頭が朦朧とした状態で、歩道橋からみずから転落したか、突き落とされた。冷たい水とぶつかった衝撃で、意識がはっきりした。いくらか水を飲んだ。溺れかけた。攻撃者が池からジョディを引きあげたか、あるいはジョディが自力で水からあがって相手があとを追った。薄暗いなかで、方向感覚がないまま逃げた。その顔と体を、枝やイバラが引っ掻いた。ジョディは息も絶えだえに倒れこんだ。瀕死の状態だった。

男が不器用な手つきであわてて服を脱がし、コンドームの包装を破って……

ちがう！　それでは筋が通らない。コンドームを使うのは、科学捜査を意識しているからだ。男は自分の身元を隠したかった。それなのになぜコンドームを使い、あとで髪に射精するのか。それは屈辱を与えるためか、自分の縄張りであると主張するためか、無条件で受け入れられたと表明するためだ。

ことによると、一度性交したあと、二度目をジョディが拒んだのかもしれない。むしろ、勃起を保てなくて相手が苛立った可能性のほうが高い。となると、女性との経験があまりないのかもしれない。孤独な男。社交性に欠ける男。恋人がほしいが、だれからも求められない。そして、この地域にくわしい。この場所にも。

レイプ犯のなかには、パニックに陥り、身元が発覚しないよう被害者を殺す者もいる。被害者が死ぬその瞬間、あるいは死んだあとに獲物を辱めて快感を得る者もいる。挿入のタイミングは犯人を突き止める手がかりになる。犯行の正確な流れはわからないが、犯人とその邪悪な欲望が、オーガズムのためにひとりの人間の命を犠牲にした。その後、ジョディを放置して死なせたか、絶命するのを見守っていた。そして、自分のしたことを隠すため、遺体に枝をかぶせた。

犯人は家へ帰った。シャワーを浴びた。服を着替えた。忘れようとした。けれども、このことを考えるのをやめられなかった。どこかで恐怖を感じながらも、別のどこかで声が言う。あの女には当然の報いだ、あっちがその気にさせたんだ、おれを無視し、見くだし、あざ笑ったほかの女たちと同じだ、と。

膝が痛くなってくる。ずいぶん長くしゃがんでいたからだ。わたしは立ちあがって、冷たい空気を吸いこんだのち、歩道橋から離れ、足の下に地面の柔らかさを感じながら、少しずつ歩幅をひろげて進んでいく。

警察による捜索の形跡がいたるところに見てとれる――証拠品の番号札、折れた木の枝、ブーツの跡。だが、わたしが探すのは、警察が探しているものとはちがう。臨床心理士は刑事とは異なる目で犯罪現場を見る。警察は物的な手がかりと目撃者を探す。わたしは全体像に加えて、場所や状況の特徴に目を向ける。行動に影響を与える障害や境界はあるか。人の姿が視界から消えるまでの時間は？　四方にどこまで見通しがきくか。見晴らしのいい地点と抜け道はどこか。

前方の林の向こうで、端のまっすぐな何かがシダに覆われているのが目にはいる。公園の管理人か狩猟者用の古い小屋だ。すっかり荒れ果てている。年月を経て灰色になった壁には縦樋の錆が縞模様を描き、前面のせまいベランダを囲む木の手すりにツタがからんでいる。

道には草が生い茂っているが、通った者がいないわけではない。輪郭のぼやけたブーツの跡があって、蜘蛛の巣がちぎれている。きのう警察がここを捜索したにちがいない。わたしは廃屋に足を踏み入れ、目が暗闇に慣れるまで待つ。床板は老朽化して割れやすく、無数の染みや雨漏りの跡がある。床一面にごみが散乱し、壁は落書きで埋めつくされている。芸術的なものはひとつもない。猥褻な落書きか、あるいはハート形のなかにイニシャルをあしらうようなたわいないものだ。古く黄ばんだマットレスが暖炉の前に置かれていて、最近火をつけたのか、暖炉いっぱいのつぶれたビール缶が煤けて黒くなっている。その近くに、飲みかけのアップルサイダーの瓶が一本ある。空き瓶も二本、近くに転がっている。

わたしは隣の部屋へ移動する。湿気と腐敗のにおいがするキッチンだ。くるぶしまで浸かるほどの水たまりに、ごみが浮いている。ポテトチップスの袋に、コンドームの包装。銅管を剝がしたのは、屑鉄を漁りにきた者だろう。最後の部屋はどうやら寝室らしく、天井の一部が崩れていて、そこから青空と木々の梢がわずかに見える。

自分がどんな場所にいるのか、ふと気づく。本来の目的を失った、この場所のいまの姿に。ここは若者たちが大人の目を避けられる場所だ。喧嘩をして仲直りし、入り浸って戯れる場所。アルコール、ドラッグ、セックスを経験する場所。ジョディはここに来たのか？　ここはジョディにとって、あるいはジョディを殺した者にとって、意味のある場所だったのだろうか。

警察はこの小屋を捜索したようだが、手がかりになりうるこうした点に気づいた者はいたのだろうか。刑事たちは、若者が自分の世界を旅するのに用いる遺跡群に気づかないものだ。近道に。待ち合わせ場所に。符牒に。

そのあと、わたしは学校の向かいの電話ボックスからレニーに電話をかける。留守番電話につながる。

「殺人犯は十代後半か二十代。体は強靭だが、知能は特にすぐれているわけじゃない。地元の人間で、ここは犯人の縄張りだ。この地域にくわしい。この小道も、おそらくこの小屋も知っている。露出行為や下着泥棒などの軽犯罪での逮捕者、容疑者を探してくれ。レイプも殺人も、計画の上での犯行とは思えない――ずさんすぎる――だが、ジョディを知っていたか、ジョディを意識していて、性的妄想のなかで活躍させていた可能性はある。

このあと、犯人は自分のしたことを後悔するだろう。恥ずかしく思う。今回がはじめてだ。はじめての殺人。これから警察の捜査の行方を注意深く追って、怯えたり動揺したりする一方で、強い興味を持つ。つまり、犯人は野次馬や見物人として犯行現場にもどる可能性がある。だれが来るかに気をつけるといい。どこか近くにいるはずだ。そこで様子を見ている」

12　エンジェル・フェイス

　ノックの音がする。

「出られる恰好してる？」ダヴィーナが訊く。

　ダヴィーナは大柄で、色つきのビーズを編みこんだドレッドヘアが肩にかかり、くるっと巻いた毛先が豚の尻尾のようだ。片方の腰を突き出してドア枠にもたれてる。

「お客さんが来てるよ」

「だれ？」

「ドクター・ヘイヴン」

　急に気持ちが高ぶる。雑誌を脇に投げ捨ててベッドから脚を振りおろし、鏡の前へ行って、髪を直したり指先で眉を整えたりする。化粧ポーチに手を伸ばす。

「彼氏じゃないのに」ダヴィーナが小さく笑う。まだそこに立っている。

　意地の悪い女をひっぱたいてやりたい。

「すぐ来ます、って伝えてあげようか。通り道にバラの花びらを撒いてもいいし」

「うっざ!」

「それ、レッドカード」

スウェットシャツのフードをかぶり、ダヴィーナのあとについて、前より不安な気持ちで廊下を進む。いつもは精神科医やソーシャルワーカーが来ても気にならない。いやと言うほどその手の人たちと会ってきた。でも、この前会ったあの人は心を乱した。別にあの人が何かしたわけでも、言ったわけでもないのに。家族のことも、ほんとうの名前も、出身地も、小さいころに何があったのかも尋ねなかった。ただこっちへ向けて鏡を掲げ、見てごらんと言ってるようだった。

食堂にはいるとすぐ、あの人がテーブルに就いてお茶を飲んでるのが目にはいる。立ちあがって、チャールズ皇太子みたいな古くさいお辞儀をしてきたので、あたしは作り笑いをする。

どこにすわるかを決めるのに、少し時間をかける。向かい合わせがいい。相手の顔が見えるから。

サイラスは微笑んでる。疲れた顔で、だれかに息を吹きかけられてるようにまばたきをする。

「なんで笑ってるの？」あたしは用心深く尋ねる。

「きみに会えてうれしいから」

あたしはフンと鼻で笑い、表情を観察するけど、嘘の気配はない。

「また来ると言ったじゃないか。どうしてた？」

あたしは肩をすくめる。

サイラスはチョコレート味のフィンガービスケットをつまんで、片方の端をちょっとかじる。

「お勧めの食べ方はそうじゃないんだけど」あたしは言う。

サイラスはビスケットを見る。

「端を両方かじるんだよ。そしたらストローみたいにして使えるから」

「お茶に突っこんで？」

「そう」

サイラスは顔をさげ、ビスケットを使ってお茶をすする。

「ふにゃふにゃになる前に食べちゃって」あたしは言う。

サイラスはビスケットを口に詰めこみ、噛みながらチョコレートまみれの歯を見せる。

「たしかに、いけるな」

「リッツホテルでは試さないほうがいいと思うよ」

「リッツに行ったことが？」

「しじゅう参りますわ」上品ぶった声を出す。「あそこのハイ・ティーが大好きで——スコーンとクロテッド・クリームとストロベリージャムが最高。ただし、キュウリのサンドイッチはいただけない。なんの味もしないもの、そう思わない？」

「イーヴィ、きみはよく嘘をつくのか」

「〝よく〟ってどれくらい？」

「嘘つきだって、人に思われるくらい」

「もっとひどい呼び方をされたこともあった」顎に力がはいるのがわかる。この人もみんなと同じだったらいやだ。「だから、ときどき嘘をつくってわけ。そんなに変なことかな。こんなところに閉じこめられたら、だれだって嘘くらいつくよ。物語を作るんだ。そうやって楽しむ」

「どんな嘘？」

「思いつくままに。なぜしょっちゅう嘘を言うのか、自分でもわからない。勝手に出てくるんだもの——くしゃみみたいに。たまに自分が何か言ってるのが聞こえて、ほんとうのことからかけ離れてる——かすってもいない——と思うんだけど、それでもやめない。この前、ここの新入りの子に、あたしの父さんはトレジャーハンターで、バミューダの三角水域に沈んだスペインのガレオン船を探しにいってるって話した。コーディリアには、カリフォルニアのチアリーディングスクールにはいる奨学資格をもらったのに、テロの容疑者として搭乗拒否リストに載ってたせいで、入学をあきらめざるをえなかったって話した。おめでたい子だから、信じたの」

サイラスは笑う。感じのいい笑顔だ。笑うと目尻に皺が寄る。

「トランプしない？」あたしはスウェットシャツのポケットからカードを取り出して言う。

「いいよ」

「ポーカー。テキサス・ホールデムで。いける？」

あたしは山をふたつに分けると、カードの端と端を噛み合わせて弓なりにして、はじくように落とし、それを横に滑らせてひとつにまとめる。これをさらに二回繰り返したあと、音を立ててカードをテーブルに置く。指をひとつ鳴らしてから、フォーマイカのテーブル上でカードを回転させるようにして、それぞれの手もとに配る。

伏せたカードのふちを少しだけめくって、数字を見る。サイラスはゆっくりやってる。あまりカードゲームをしないんだろう。手札の並べ方でわかる。

「何を賭ける？」あたしは尋ねる。

「賭け事はまずいんじゃないかな」

「ポーカーだよ。賭けなきゃだめ」

「現金以外を」

「質問を賭けるってのはどう？」

サイラスは賛成したけど、疑うようにこっちを見つめてる。

「これがフロップ」あたしは説明しながら、テーブルにカードを三枚、表を上にして置く。

「ベットする？」

「ああ。質問ひとつを賭けるよ」

「じゃあ、こっちも同じ」

またカードを配り、さっきの手順を繰り返す。結局、テーブル上の質問が四つになる。

あたしの手はツーペア――エースと7のツーペア――で、サイラスはキングのワンペアだ。

あたしは両手をこすり合わせる。「よし、じゃあ訊くよ。家族はいる？」

「兄がひとり」サイラスが答える。

「両親は？」

「死んだ」

「どんなふうに？」

「殺されたんだ」

あたしは嘘の気配を探すけど、悲しみと後悔のほかに、何も読みとれない。

「あんたが何歳のとき？」

「十三」

「だれが殺したの？」

「もう四つ質問しただろう」

じりじりしながら、あたしは新しくカードを配る。また勝つ。

「だれが殺したの？」

「兄だ」

少し時間をかけて、その情報を嚙み砕く。嘘に気づきそこねたのかと自分を疑ったけど、真実しか見えない。くわしく知りたい。だけど同時に、さっきからの質問を取り消して、サイラスのプライバシーを守ってやれたらいいのに、とも思う。

「もうこのゲームはおしまい」あたしはそう言って椅子を後ろへ引く。

「でも、こっちはひとつも質問していないぞ」

「何べんやっても勝てっこないよ」

「そんなに得意なんだ」

「そう」

あたしは強がった自分を心のなかで罵る。自慢してどうするの？

「ひとつだけなら質問してもいいよ」静かに言う。「名前とか出身とか、テリーに関することとかはおことわり」

「ここから出たら、何をするつもりだ」

いつも同じ質問だ、と思う。「お嬢ちゃん、大きくなったら何になりたいの？」ってやつ。いろんな仕事が服みたいにラックに吊されて目の前に現れる。肉屋、パン屋、鍵掛け屋、仕立て屋、ウェイトレス、受付係。ひとつ選んで。試着してごらん。

「自分の人生をはじめたい」あたしは言う。「こういう場所ばっかりで六年も過ごしたんだから。こんどはあたしの番」

「何をする番？」

「ふつうでいる番」

13

イーヴィをこうして見ていると、六年前に隠し部屋で見つかった薄汚れた子供を思い描くのはむずかしい。その子は夜になると外へ出て、日中は隠れていた。近隣の家々から食べ物を盗み、庭のホースから水を飲んで、二匹のシェパードを生かしつづけた。男が死ぬまで痛めつけられる声を耳にし、その後は遺体が腐敗していくのを目にした可能性が高い。

正規の教育を受けていないにもかかわらず、明らかに知能が高く、逃亡するたび、養子縁組が失敗するたびに、イーヴィは学校教育で空白を強いられたが、同じ年ごろの仲間に遅れをとることはなかった。失読症のせいで文章を読むのに困難をともなうが、言語能力と数学的思考には長けている。

わたしはゆうべ、カウンセラーやソーシャルワーカーが初期にイーヴィと面接した記録を調べて過ごした。イーヴィの過去について手がかりを探ったようだが、本人はほとんど何も打ち明けなかった。腹が減ったら食べ物を求め、喉が渇いたら水を頼んだ。自分から話を切り出すことはなく、質問に〝はい〟か〝いいえ〟だけで答えた。言語学者や方言の専門家たちが呼び集められ、イーヴィの話し方とアクセントを調べた。スコットランドで過ごしたことがある、と主張する者もいれば、口調に東欧の影響がある、特に〝レインボー〟を〝ランボー〟と発音したり、時制が乱れたりするところに顕著に見られる、と感じとった者もいた。

わたしはなんの訛りも感じない。イーヴィは警戒心が強くてだれも信じないティーンエイジャーだ。いまは椅子に前かがみにすわって舌を回転させ、退屈そうにしている。

「なぜそんなに化粧をするんだ」わたしは尋ねる。

「そばかすがきらいだから。顔がくすんで見えるし」

「きみのそばかすは、いちばんの魅力なのに」

イーヴィは憐れみと嫌悪の入り混じった目でわたしを見る。この子はお世辞を言われるのが好きではない。賛辞はほかの人のためのものだ。

「わたしの質問に答えていないな――何をするつもりなんだ」

「仕事を見つける」

「なんの仕事を？　ポーカーとか言うのはやめてくれよ」

「プロのポーカープレイヤーだっているけど」

「そういう人は資金を持ってる。元手をね。どこに住むつもりだ」

「どこかに部屋を借りる」

「アパートメントを借りるのにいくらかかるか知ってるか？　電気、ガス、電話、テレビの受信料は？」

「シェアハウスに住む」

「イーヴィ、きみは人が好きじゃないだろう。きみは他人を信用しない」

イーヴィはわたしを憐れむように見つめる。「ガスリーが言ってたよ、あんたはあたしを助けたいんだって。だけど、それも大嘘。ほかのみんなと同じだね」

「ちがうんだ、イーヴィ。たとえきみに貯金と仕事があって、住む場所があっても、判事はきみを自由にしないかもしれない。精神衛生の面での評価を求めるだろう。つまり、ソーシャルワーカー、医師、セラピストの証言を……」

「関係ないよ」イーヴィが吐き出すように言う。「あたしはいかれてなんかいない」

「だれもそんなふうに思ってない」

「ううん、思ってる」

わたしが返事をする前に、ベルの大音響が空気を震わせ、それが建物内の各所に設置されたスピーカーから鳴り響く。

「ロックダウンだ」イーヴィが言う。立ちあがっている。「部屋へもどらないと――」

その声は廊下からの叫び声にさえぎられる。女がひとり、ふらふらとドアからはいってくる。腹を押さえている。ワンピースの前側の色が変わり、腿から膝へ向かって色が濃くなっている。

「あの子に刺された」信じられないという顔で言う。「ナイフをどこで手に入れたんだろう？」

わたしはその女を部屋の奥へと引きこむ。何人もが走っている。開いているドアの前を男性介護士ふたりが走り抜け、また同じ速さで駆けもどる。「ナイフだ！」一方が大声で言う。「そこでじっとしてろ！」

その直後、十代の少年が現れる。目が血走り、興奮した様子で、じりじりとあとずさりしながら部屋へはいってくる。首だけこちらへ向けてから、体ごと振り返り、わたしにナイフを突きつける。わたしは両手をあげて後ろへさがる。少年はテーブルを押して入口をふさぐ。われわれの逃げ道を。

わたしは怪我をした女をすわらせ、落ち着けと語りかける。

「名前は？」

「ロバータ」

るよう、やり方を示す。

「動かないで、傷を圧迫しつづけて」わたしはこぶしを握ってみせ、それを腹に強くあてるよう、やり方を示す。

「調子はどう、ブロディ」イーヴィが少年に向かって、天気の話でもするように言う。少年はイーヴィを見て目をしばたたく。にきびが目立つほっそりした顔に、激しい怒りと惨めさが交互に浮かぶ。

「ばばあが！　クソばばあ！」

「この人が何をしたの？」イーヴィは訊く。

「ぼくの雑誌を取りあげたんだ」

「ポルノ雑誌？」

「全部がポ、ポ、ポルノってわけじゃない」ブロディがもごもごと言い、口をぬぐう。

「ここはク、ク、クソだ。ここのぜ、全部が」顔がアコーディオンのように縮んで、ゆがんだり引きつったりする。

「医者に診せないと」わたしはロバータの隣にしゃがんだまま言う。

「し、し、死ねばいい」ブロディはナイフで空気を切り裂く。そのことばを掻き消さんばかりに、警報がなおけたたましく鳴り響く。

イーヴィがブロディに近寄っている。やめろ、とわたしはイーヴィに声をかける。

「痛い目に遭いたいのか」ブロディが言い、イーヴィの顔めがけてナイフを振る。

「あんたはあたしを刺す気なんかない」イーヴィは応じ、〝さあここよ〟と言うかのように両手をひろげる。

「お、お、おまえを先にやってもいいんだぞ」

「どうして？」

「自分のクソはくさくないと思ってる生意気な女だから」

「あたしのこと、ほとんど知らないくせに」

ダヴィーナとふたりの男性介護士が入口に立ち、恐怖で黙したまま成り行きを見守っている。イーヴィはさらに少年に近づいている。声は穏やかで、緊張や不安は見られない。

「頼む、もっと離れろ」わたしはイーヴィに言う。

イーヴィは無視して進み、ナイフの届く距離にまで近づく。

「ブロディ、ほんとにあたしが憎い？　あたしはあんたを憎んでないよ。みんな、ここの犠牲者だから。囚人。人質。あんたとは話もしないって言うけど——いま話してるよね。何が言いたいの？」

「そ、そ、そうはいかない」

「何が？」

ブロディは話そうとするが、口のなかでつっかえる。ごくりとことばを呑みこんで、口のなかで毒づく。

「どうすればいいって？」イーヴィは尋ねる。いまやブロディのすぐそばに立っている。ブロディの手首を握って、ナイフを自分の胸のほうへ引き、心臓へ向ける。「ここが急所。ひと突きすれば、あたしは死ぬ」

ブロディはナイフを引こうとする。イーヴィはがっちり握って離さない。首を前へ倒していって、ついに額と額がふれ、ふたりは目を合わせる。

「さっさとやれば、あたしは何も感じないから」イーヴィはささやく。「あたしのためにそうして」

「そんなにおまえのことは憎んでない」

「クソ生意気な女だって言ったじゃない」

「おまえはほかのやつと、は、は、話をしない」

「話すことがないだけ」

ダヴィーナがイーヴィにさがるよう懇願しているが、だれも動こうとしない。ナイフが心臓に近すぎるからだ。ブロディは困惑顔だ。途方に暮れている。もう一度ナイフを引こうとする。イーヴィがうめくが、ナイフが胸に刺さったのかどうか、わたしにはわからない。

「よ、よ、よせって――」ブロディが口ごもるが、言い終わる前に、イーヴィが額をブロディの顔面に突きあてる。骨の砕ける音と血しぶきで、ブロディの鼻の骨を折ったのだとわかる。ブロディはふらふらと後ろへさがりながら悪態をつき、顔を押さえる。ナイフが床に落ちて騒々しい音を立てる。

ふたりの男性介護士がテーブルを跳び越え、ブロディを床に組み伏せる。イーヴィはあざができているかを心配するように、額をさわる。それからかがんで、ナイフを拾いあげる。

「こっちに渡して」ダヴィーナが言う。

イーヴィは慈しむようにナイフをなでたあと、手のひらのなかで回転させて、柄をダヴィーナのほうへ向ける。

少しすると、看護師たちが到着して、何やら数値を大声でやりとりし、ロバータの静脈に針を刺して液体を流し入れる。ストレッチャーにロバータの体を固定し、受付の前を通って、待機中の救急車へ運ぶ。

わたしがイーヴィを部屋まで送ると、イーヴィは鏡に自分の姿を映し、化粧がにじんでいないことを確認する。

「死にたいと思っているのか」沈黙のあと、わたしは尋ねる。

「あの子はあたしを刺す気なんか、まったくなかった」

「どうしてそんなことがわかるんだ？」

イーヴィは深く息をつき、ぐったりと肩をすくめる。「あたしにはわかった」

14

レニー・パーヴェルの秘書、アントニアは小太りの陽気な女性で、猫目形の眼鏡をかけて、重ねづけした金属のブレスレットを両手首で鳴らしている。アントニアの机は、古代の巨石を思わせる灰色の書類棚三つに囲まれている。

「ミルクだけ、砂糖なしね」アントニアがそう言ってお茶を運んでくる。「ビスケットは全粒粉かオーツ麦か、どっち？」

「お気づかいなく」

「ダイエット中なんて言わないでね。あなたには必要ないんだから。女は少しくらい骨に肉がついてるほうが好きなの」アントニアはいたずらっぽくウィンクして、ビスケットを一枚手にとる。

わたしは、たたんだままの梱包箱が壁に立てかけられているのに気づく。

「引っ越すのかな」

「聞いてないの？　パーヴェル警部は異動になるんですって」

「どこへ？」

「制服の仕事」

「刑事畑なのに」

「選択の余地がなかったんじゃないかしら」

　わたしは驚き、衝撃さえ受ける。「どうして？」

　アントニアは大げさに肩をすくめる。「だれも何も教えてくれないの」それから身を寄せて、ヘラー＝スミスの名前を耳打ちする。

　ティモシー・ヘラー＝スミスはノッティンガムシャー警察の期待の星であり、取り巻き連中や事情通のことばを信じるなら、未来の警察署長だ。ヘラー＝スミスはこの五年間、さまざまな計画や作戦の指揮を執り、相次ぐ大規模な麻薬取引の摘発も、シリアで過激派組織ISと戦って帰還したイギリス生まれのイスラム教徒集団の一斉逮捕も、自分の手柄だと言い張っている。

　レニーが自分から異動を願い出たとは思えない。わたしと知り合ってからのレニーは、すぐれた刑事であろうと一貫して励んでいた。

「ヘラー＝スミスが追い出したがってるんだと思う」アントニアは胸の岩棚からビスケッ

トの滓を払いながら小声で言う。

「レニーは脅威じゃないはずだ」

「つぎの署長には女性を据えるべきだって言う人が多くてね」ドンカスター競馬場の三時三十分のレースで確実に勝つ馬を教えてやるとでも言いたげに、アントニアは自分の鼻を軽く叩く。

オフィスのスウィングドアが開いて、レニーが現れ、肩をすぼめてコートを着ながら言う。「下に車を待たせてるから」

「行き先は？」

「ジョディ・シーアンは学校のロッカーを使ってた」

レニーが受付で鍵束を手にとり、わたしたちは通用口から駐車場へ出る。レニーがリモートキーを押し、表示灯が車へ誘導しようと点滅するのを待つ。

「どうして話してくれなかったんだ」わたしは尋ねる。

「なんの話？」

「制服への異動のこと」

「わたしたち、結婚してるわけじゃないのよ、サイラス」

「あなたはこの仕事を愛してる」

「そういう話じゃない」

「まだ何かできることがあるんじゃないかな」

「そうね。よけいな口出しをやめろと人に注意することはできる」

車はゆっくりと駐車場から出て、わたしたちはレクトリー・ロードを南西へ進み、ウェスト・ブリッジフォード・バプティスト教会の前で右折して、トレント川のほうへ向かう。十分後、レニーがふたたび口を開く。

「退職することも考えてのことなの。来年まで我慢すれば、年金を満額受けとれる」

「それから何をするんだ」

「ほかの人たちはどうしてる？　旅行をして、本を読んで、好きなだけテレビを観て……」

「そういう連中は若死にする」

「でも、全員じゃない」

また長い沈黙がおり、やがてレニーがため息とともに肩をあげて落とす。「この世界には、正真正銘のろくでなしが野放しになってるのよ、サイラス。そしてその一部は天使の仲間だと思われてる」

フォーサイス・アカデミーは、ジョディの遺体の発見現場から五百メートルも離れていないクリフトン競技場の一角にある。八年前に解体、再建されて、新たな名を与えられたその建物は、中等学校というより生物兵器の研究所を思わせる。

レニーが緑の電動ゲートの前で車を停め、インターフォンを押して事務室に来訪を告げる。ゲートがスライドして開くと、わたしたちは先へ車を進め、全天候型競技場の前を過ぎていく。裾を出した白いシャツに黒いズボンという姿の男の子たちがサッカーをしている。一方、女の子たちはかすかに日のあたるベンチに腰かけているか、中庭にいくつか配されたテーブルのまわりに集まっている。

案内役の女子生徒が金髪のポニーテールを揺らして歩いてくる。腰に色鮮やかな組紐が巻かれている。

「有志の女子が作ってるんです」女子生徒が説明する。「ジョディを偲ぶために。ひとついかがですか。無料です」

女子生徒がポケットに手を入れて、似た形で色ちがいのブレスレットを四つ取り出す。わたしがひとつ選んでいると、管理主任のグレアムという教師が現れる。

「ありがとう、キャシー」グレアムが言って、女子生徒にうなずく。「そのブレスレットは学校の服装規定からはずれているよ」

そのとき、わたしの手首にも同じものが巻かれているのを目に留め、その話を終える。

グレアムは五十代後半の男で、痩せた長い顔は、まるで顎のほうへ地滑りを起こしたかのように垂れている。小声で挨拶する。

「とんでもないことが起こりました。まさに衝撃です。だれもがそう感じています――教職員も生徒たちも……」事務室のドアが閉まる。「何日も泣きつづけている女子生徒もいます。正午に全校集会をおこなう予定ですが、いったい何を話せばいいんでしょう」

どうやら尋ねているらしい。理由は直感でわかる。グレアムはわたしが何者かを――わたしの家族のことを――知っている。だから、今回の件で喪失と向き合う生徒たちに宛てた独自の助言や知見が、わたしにあるはずだと考えたのだろう。その問いがわたしを過去へ運んでいく。両親と妹ふたりの葬儀を終えたあと、はじめて登校した日へと。祖父母ができるかぎりふつうの生活をつづけようと願ったため、わたしは学校へもどった。ミス・ペインに付き添われ、最初の授業へ向かった。生物学の授業だった。教室に足を踏み入れたわたしは、完全な沈黙で迎えられた。ピンが一本落ちても、シンバル並みの音が響いたはずだ。わたしは床から目をあげなかった。悪いのは、じろじろこっちを見ていたクラスメートではない。悪いのはイライアスだ。いつだって兄のせいに決まっていた。

「ジョディが殺害されたことを生徒に話すべきでしょうか」グレアムが尋ねる。

「もう船は港を出ていますよ」そう答えるが、いやみな言い方だったと悔やむ。そこで、言いなおす。「正直にいきましょう。悲しみをあおらないことです。〝これからきみたちがどんな経験をするのかわかる〟とか、自分も大事な人を失ったことがあるなどとは言わないでください。あなたご自身の考えや願いを口に出さないこと。明るい面を探そうとしないことです。そんなものはないんですから」

「では、何を話せば？」

「ただ耳を傾けるんです」

「生徒全員の声に耳を傾けることはできませんが」

わたしの話にすら耳を傾けられない。

「子供たちは不幸な出来事に対して、ことのほか無防備です。悲しみや恐れや困惑を伝える手立てを求めて荒れる子もいるでしょう。そういった感情をすべて受け止めてください。全員がジョディを知っていたわけではないので、一律に悲しみを強いたりしないように。ジョディの友達やご家族へのお悔やみのことばを言ってください」

死別専門のカウンセラーを学校に招くのはやめたほうがいい、とも伝えたい。なぜなら、人は傷つくべきだという考えを、カウンセラーたちが推し進めることがあるからだ。わたし自身が体験し、精神科医やセラピストやカウンセラーのあいだを行き来してきたからこそわかる。彼らはこぼれたフライドポテトをめぐって争うカモメさながらに、わたしに向かってわめき立て、どう感じるべきかを何時間も言い聞かせ、思いを吐き出せと求めたが、そのあいだわたしは、ただただひとりになりたかった。

レニーが横から口を出す。「わたしたちはジョディ・シーアンのロッカーを調べるために来ました」

「ええ、わかっています」グレアムが携帯電話を取り出して、秘書にヘンドリクスという教師を呼ぶよう指示する。

「イーアンはジョディの担任です。フォーサイス・アカデミーでは生徒全員に指導教師がつき、子供たちにとって最もよく接する大人となります。毎日顔を合わせ、教師が出席をとって、制服の乱れをチェックします。生徒には、家や学校で起こるどんな問題も担任に話すよう促しています。いじめはもちろん、宿題や校内活動への参加についても」

「ジョディは問題をかかえていましたか」わたしは尋ねる。

「イーアンがきっと把握しています」

「ジョディはいつからここの生徒だったんですか」

「七学年からですね。スケートをしていましたから、かなり特殊でした。ご両親からわたしに連絡があり、特別に指導をしてもらえないか、出欠については通常の規則を適用しない形にできないか、と頼んでいらっしゃいましてね。ジョディの欠席についてはできるかぎり配慮していました」

だれかがドアをノックする。ドアがあく。イーアン・ヘンドリクスは開襟シャツにカジュアルなズボンといういでたちだ。三十代半ば、すらりとした筋肉質な体つきで、灰色のものが交じる髪を後ろでひとつにまとめて、サムライ風に束ねている。わたしはとっさに、〝いかした先生〟ではないかと想像する。映画〈いまを生きる〉に登場する教師ジョン・キーティングのように、詩を朗読したり、机の上に立ったり、流行歌を聴いたりして生徒たちを魅了する教師だ。きっとインスタグラムのアカウントを持ち、スナップチャットを活用しているのだろう。

「パーヴェル警部とドクター・ヘイヴンがジョディ・シーアンのロッカーを調べたいとおっしゃっている」グレアムが説明する。「それと、ジョディのことでいくつか訊きたいことがあるそうだ。お答えするにはきみが最適任だろう」

ヘンドリクスはあまり熱心な様子ではない。「ロッカーの鍵を持っていませんが」

「では保守担当者を呼んで、ボルトカッターを使おう」

少ししてから、わたしたちは屋根つきの通路を進み、両端に階段のある二階建ての煉瓦造りの建物へ案内される。子供たちから声をかけられるたびに、ヘンドリクスはその子のファーストネームを呼んで手を振り返す。

「全員を覚えているんですか」わたしは尋ねる。

「八百人いますから――さすがに無理でしょうね」無理に笑いを絞り出す。

「ジョディのことは？」

「去年からジョディの担任をしていました。スケートのせいで欠席が多くて。遅れを取りもどす手伝いをしていたんです」

「どんなふうに？」

「担当教科の教師からそれぞれに指示を聞き出し、宿題や課題をメールで送りました」

「ジョディは人気者でしたか」

「そう思います。だれもがジョディのことを知っていました」

「社交的でしたか」

「はい」

「勉強は得意？」

「いえ、あまり」ヘンドリクスの視線がわたしを素通りして、階段の高いところに仕切られた窓へ向けられる。「生まれつき勉強ができる生徒もいますが、ジョディはかなり努力しないとついていけませんでした。担当教科の教師のなかには、授業中の居眠りについて苦情を言う者もいましたが、大半の教師は何時間も練習していることを理解していましたね」

「ジョディが大会に出ているのを見たことはありますか」わたしは尋ねる。

「ありません。でも、大変じゃないかと思っていました」

「どういう意味で？」

「子供にあれほどきついことをさせるなんて――毎朝六時起床、特別な食事、ジムでの運動、ウェイトトレーニング、ダンスの授業、アクロバット。ジョディには子供として過ごす時間がありませんでした」

「児童虐待のようにも聞こえますね」

「白人奴隷と言うほうが近いでしょう」苦笑いをする。「子供への期待が高すぎる親もいれば、低すぎる親もいます。どちらも等しく子供にとって害になりうる」

階段の下に、ぐるりと壁に沿って金属のロッカーが並んでいる。灰色の制服を着た保守担当者がボルトカッター一式を持ってやってくる。それを使えば、軟質金属を使った安物の南京錠などはたやすく切れる。

レニーがわたしにゴム手袋を投げてよこし、それから自分も手袋をはめて、隙間なく肌に添わせる。蝶番がきしんでロッカーの扉が開く。内側には、雑誌から切り抜いた何枚もの写真が貼ってある。今回はスケーターの写真が一枚もない。ジョディが選んだのは、男性アイドルグループやポップスの歌手や映画スターだ。ジャスティン・ビーバーとエド・シーランはわたしにもわかる。

レニーは手をつける前にロッカーの写真を撮る。中は二枚の金属の棚板で仕切られている。いちばん下の段には、教科書のほかに、ジョディがステッカーで飾り立てたリングファイルが数冊並べてある。いちばん上の段には鮮やかな色の収納容器が並び、さまざまなものが詰めこまれている。ペン、蛍光マーカー、フラッシュカード、ハンドクリーム、ヘアバンド、咳止めの飴、リップクリーム、チューインガム、ファスナーのついた小さな化粧ポーチ、グリーティングカードの束……。

レニーがリングファイルのページをめくっている。わたしはカードを調べる。ジョディの誕生日を祝うカードもあれば、隠れファンと公然のファンからのバレンタインのカードもある。名前を見ていく。手がかりを求めて。ひとつには押し花がはさんである。青色の忘れな草だ。カードにはこう記されている――「わたしは若すぎない。あなたは年上すぎない。わたしはあなたのルースで、あなたはわたしのトミー。わたしを離さないで」。

「それは何？」レニーがわたしの肩越しに尋ねる。

「バレンタインだ」

「ジョディの筆跡なの？」

ジョディのリングファイルに書かれている文字と比べる。「本人が書いたあと、勇気が尽きてしまったんだろう」わたしはまたその一節を見る。「カズオ・イシグロの小説『わたしを離さないで』がもとになっている」

「どういう話？」

「悲劇の恋の話」

イーアン・ヘンドリクスは階段に腰かけて携帯電話を見ている。わたしはヘンドリクスに、ジョディが英語の授業でどんな教材を使っていたかを尋ねる。

「ディストピア小説を読んでいました」

「あなたはジョディの英語の先生ですね」

「はい」

レニーは探りつづけている。化粧ポーチのファスナーをあけ、肘で静かにわたしをつつく。目をやると、コンドームの箱がひとつ見える。開封ずみだ。レニーは箱の蓋を引きあけて、中身を数える。十二個入りのうち、四個が減っている。

「知らぬは親ばかりね」小声で言う。

レニーはコンドームを取り出して証拠袋に入れて封をしてから、日付と時刻と場所を記す。

ロッカーの奥に黒いゴム張りの懐中電灯が立てて置かれていて、場ちがいに感じられる。わたしはそれを両手で持って電池交換用の蓋をまわし、単一電池ひとつを手のひらの上に振り出す。もっと何かあるはずだ。懐中電灯を持ちあげて中をのぞくと、巻いた紙が見える。ただの紙ではなく、紙幣だ。百ポンド札、五十ポンド札、二十ポンド札。

レニーが札束を手にとる。「五千か、ひょっとすると六千ある」

「こんな金をジョディはどこで手に入れたんだろう」

その問いが階段に響くが、返事はない。レニーもわたしも、ジョディは想像していたような少女ではないと悟る。

15

わたしは二十分前からハザム・ロードにある家の外に立ち、太陽が軒下に影を作って、窓の上側に嵌めこまれた鉛桟のステンドグラスを輝かすのをながめている。傾斜のあるスレート屋根には、時の翁と化した風向計が載っていて、どんな風が吹こうとつねに西を指している。

七九番地にあるのは、北ロンドンのありふれた通りのありふれた家だ。プラタナスの木々が並ぶ通りには、不動産業者の看板や、地元の小学校が開催する秋祭りのポスターが点々と見える。

ここは、六年前にイーヴィ・コーマックが隠し部屋から出てきた家だ。当時は改築のさなかで、庭に雑草が生い茂り、縦樋は錆だらけで、窓枠も塗装が剝げていた。夏のあいだに自生した藤が蔓をくねくねと外壁に這わせ、玄関扉を半ば覆い隠す花のカーテンを形作っていた。いま、この家は手入れが行き届いているが、藤の木はそのまま残っていて、花びらを階段にこぼしている。まるで週末の結婚式が残していった薄紫の紙吹雪のようだ。

家から女がひとり出てくる。やつれた顔をした赤毛の女で、携帯電話を耳にあてている。

「何か用？」女は表の階段に立ったまま、声を張りあげる。

「いや、別に。ありがとうございます」

「じゃあ、消えて！」

「はい？」

「あんたみたいな人にうろつかれると迷惑なの」

「わたしみたい、というのは？」

「なんだっていい——怪奇現象研究家だろうと、霊能者だろうと、犯罪をネタに書く作家だろうと、ただの変質者だろうと」

「わたしは警察の捜査を手伝っています」そう言って、名刺を差し出す。

女は少し近寄り、目を細めて文字を読む。

「臨床心理士！　あんたがはじめてってわけじゃないけど」携帯電話を耳にあてたままだれかに話しかける。「そう、いつもの……そうする……じゃあね、愛してる」

女は電話をおろし、こちらから尋ねてもいないのに、質問のリストにぺらぺら答えはじめる。「中へは通さない。隠し部屋はもうない。幽霊なんか出ないし、何かも取り憑いてないし、妙な音もしないし、庭の犬小屋もない。それに、エンジェル・フェイスの身に何が起こったのか、あたしたちは知らない」こちらから促さなくても、女は喧嘩腰でつづける。「この家を買ったのは、あの事件のあとなのよ、わかる？　安値で手に入れたのはたしかだけど、忌々しいガイドブックに載るなんて夢にも思ってなかった」

「ご迷惑をおかけするつもりはありません」わたしは言う。

「ええ、そうでしょうよ」女はスリッパを履いた足をひるがえして、家のなかへ消える。ドアが乱暴に閉まり、その勢いで窓が揺れる。

「フランシーヌのことは気にしなさんな」柵の向こうから声がする。「あの人がとびきり愛想を振りまいたことなんてないんだ」スコットランド訛りのある耳の大きな老人が、庭で熊手に寄りかかっている。ぶかぶかのズボンのせいでＯ脚に見える。「何をぐちゃぐちゃ言ってたのかは知らんが――事件があった当時、あの人はここに住んでなかったよ。そりゃあ、もう、サーカスみたいだったんだ」

「サーカス？」

「警察だの、記者だの、テレビのバンだのが詰めかけてね。近所の者はあの家にはいれなかった。それに、あのにおいときたら」

老人は片手を差し出して、マレー・リードと名乗る。

「大家を呼んだのはわたしだ。夜になると犬が遠吠えをするし、何週間も芝が刈られてなかったんでね。あの家を借りてたやつが、とんずらしたんだろうと思った――家賃を踏み倒してね。それでドアをノックしたんだ。だれも出てこなかったから、ドアの郵便受けを押しあけてみた。すると、においがしたんだ。軍隊をまるごと壊滅させるほどのにおいだったよ」

「テリー・ボーランドのことは、どの程度ご存じでしたか」

「そんな名前のやつは知らん。本人はビルと名乗ってたんだ。二、三度挨拶はしたかな。柵越しに手を振ってね。あの男が外へ出て、車をいじったり、何かを運んで出入りしたりするのは見た」

「あの少女といっしょにいるところを見ませんでしたか」

「一度も見なかったよ。何人かが出入りしてた――殺人犯たちだったんだろうな、だれもほとんど気にしてなかったが。でも、あの小さな女の子は見なかった。いまだにぞっとするよ――あの子がひとりきりで死体といたんだと思うとな。だが、よく考えたら、それでもましだったんだろう」

「どういう意味ですか」

「あの男にもう傷つけられずにすんだんだから」

突然、雲が太陽にかかったかのように、気温がさがった気がする。

「なぜ男は拷問されたと思いますか」わたしは尋ねる。

マレーは肩をすくめる。「はじめは、やつはギャングか麻薬の売人だろうと思ってた。怒らせちゃまずい連中を怒らせたんだ、とな。だが、エンジェル・フェイスが見つかって、まったく変わった。あんな小児愛者は──しかも小さな女の子を誘拐するようなやつは──そういう目に遭って当然だ」

子供たちの一団が歩道で自転車を押している。こちらへ近づくにつれて、おしゃべりの声が小さくなる。

そのなかのひとりに、マレーが大きな声で呼びかける。「おい、ジョージ」

十代の少年が顔をあげる。自分だけが呼ばれて、とまどっているらしい。仲間のもとを離れ、自転車に乗ってやってくる。

「こちらはドクター・ヘイヴン──警察に協力してる人だ」マレーが説明する。「ジョージは通りの向かいに住んでる。エンジェル・フェイスを見かけたんだよ」

「一度だけだけど」ジョージが言う。ひょろりと背が高く、気どって長く垂らした前髪が目にかかっているのに、それ以外は短く刈られている。

「いつ見たのかな」わたしは訊く。

「その話はするなって父さんに言われてる」

「なぜ?」

「不動産の値段に影響するから」

マレーがそれをおもしろがる。ジョージは笑われたのが気に食わない。「父さんが言うには、車で通りをうろうろしながらその家を探してる野次馬がすごくいっぱいいるんだって。警察は役に立たないって父さんは言ってる。あ、ごめんなさい」

「いいんだ。殺された男と話したことはある?」

「ないよ」

「でも、見たことはあるんだな」

「ある」

「事件が起こったとき、きみはまだ小さかったはずだ」

「十歳だった」

「で、女の子を見かけた」

ジョージは肩をすくめる。「女の子だってわからなかった。男の子だと思ってたんだ、髪が短かったから」

「どこで見た?」

「窓のとこにいた、二階の」隣の家のほうを指さす。「手を振ったけど、振り返さなかった」

「だれかにそのことを話したかな」

「警察の女の人にだけ」

「サシャ・ホープウェルだね」

ジョージはうなずく。

「あの巡査は強盗の件でみんなに話をしにきたんだ」マレーが言う。

「強盗というのは？」

「物がなくなった者がおおぜいいてな。まあ、とるに足りないものばかりだったがね。わたしはカシミアの毛布と、リコリス菓子の詰め合わせをひと袋やられた。ミセス・フェルメールはドッグフードを盗まれた」

「ぼくのハリー・ポッターの本もだ」ジョージが付け加える。「それに、エッフェル塔のスノードームも」

「ここらのガキどもの仕業だとみんな思ってたんだ。ホープウェル巡査がエンジェル・フェイスを見つけるまでは」マレーが言う。「驚いたよ、あの小さな子はそうやって何週間も生き延びてたんだな。あの子に何があったのかを、いまもよく考えるよ。家族のもとへもどれたのかって。達者でやってるといいんだが」

別の通りの別の家。磨りガラスの奥を人影が横切る。

「だれ？」ドアの向こうで女が尋ねる。

「ドクター・サイラス・ヘイヴンです。サシャ・ホープウェルを探しています」

「ここにはいません」

「警察に協力している者です。サシャがどこにいるかを教えていただけませんか」

「おことわりします」

「名刺をドアの下からお渡ししますね」

ドアの隙間から半分ほど押しこむと、名刺が向こうへ消える。二拍ぶんの沈黙のあと、錠の差し金がはずされる。分厚い眼鏡をかけた濃いオレンジ色の髪の女が、ドアチェーンをかけたまま、奥からこちらを見ている。

「サシャになんの用が？」

「ある未解決事件について情報を求めていまして」

「エンジェル・フェイスの件？」

「そうです」

「帰って!」

女はドアを閉める。わたしはベルに指をあてて、鳴らしつづける。こんどは男が応対する。夫だろう。帰ってくれ、さもないと警察を呼ぶ、と言う。

「ほんとうに警察の者です」

「みんなそう言うんだ」

「みんな、というのは?」

「ほうっておいてくれ」

「お父さまですね? 先ほどお電話しました。五分だけ時間をください。お願いします。重要なことなんです」

ドアが閉まり、中から張りつめた声でひそひそ言い合うのが聞こえる。

「サシャからだめだと言われたでしょ……」

「危険な男ではなさそうだ」

「見せかけだったらどうするの?」

「でも、臨床心理士だ」

「名刺なんて偽造できる」

しばらくすると、チェーンがはずされてドアがあく。廊下に並んで立つふたりは、まるで帰宅が遅くなった子供を叱るために待ちかまえた両親のようだ。

「あの子の居場所を教えるつもりはありません」ロドニー・ホープウェルが言う。

「承知しました。お邪魔してもかまいませんか」

もともと礼儀正しいふたりは、困って顔を見合わせる。夫人はずんぐりした体を花柄のワンピースとカーディガンに包んでいる。夫は長身で痩せていて、見えない重荷を負っているかのように背中がまるまっている。

かたわらを通り過ぎようとしたわたしに、夫が耳打ちする。「頼む、ドミニクを動揺させないでくれ。具合がよくないんだ」

キッチンは冷えびえとしている。流し台には使用ずみのティーバッグがいくつも放置されて固まり、蛇口から垂れるしずくが同じ音色を繰り返し響かせている。ドミニクが暖房をつけることを申し出る。歳は六十代半ば、人工の染料で染めた艶やかな髪を後ろへ流して、ヘアバンドで留めている。夫妻は並んですわる。肩と肩をふれ合わせ、腕と腕をからめている。

「警察から依頼を受けて、未解決事件を調べています。お嬢さんのサシャのお力を借りられたら、と思いまして」

「できかねます」ロドニーが言う。

「本人もおことわりするはずです」妻が言う。「あの子をどれだけ傷つければ気がすむんですか」

「どういうことか、よくわからないんですが」

「サシャはエンジェル・フェイスなんか見つけなければよかったのに」

「どうしてですか」

「わたしたちは娘を失ってしまった」ドミニクがそう言って背筋を伸ばし、ため息をつきながらまた体をかがめる。

夫妻がなんの話をしてるのかはわからないが、苦しみは本物だ。

「はじめから聞かせていただけませんか」

夫妻は視線を交わす。わたしを信用しているわけではないが、こんな状態はもうたくさんだと考えているのだろう。

「サシャは学校を卒業して、警察官の採用に応募したの。女性にふさわしい職業だとわたしは思わなかった――看護や教育とはちがってね。でも、あの子は心を決めていた。ロンドン警視庁に二度応募したけれど、採用されなかった。一度目は歳が若すぎて。そのとき、資格を得るためにロンドンに住むべきだと言われたそうよ」

「それで特別巡査になったんだ」ロドニーが付け加える。「まずは足掛かりだとあの子は言っていた。つぎが肝心だって」

ふたりはだまりこむ。わたしは待つ。「すべてが変わってしまったんだ、あの子がエンジェル・フェイスを見つけたときに。しばらくサシャは有名になった。だれもがサシャと話をしたがったよ——新聞も、テレビ番組も、雑誌も。本人はキャリアのためになると思ったようだが、もたらされたのは災難だけだった」

「どういうことですか」

「延々とつづいたんだ——夜中に何本も電話がかかってきたり、人に尾けられたり」

「それは記者が？」

「はじめはそうだったが、そのうちにそれ以外の連中も電話してくるようになった。何を言っても聞く耳を持たない連中もいた。二度も住居侵入に遭い、娘の車は壊された」

「〝連中〟って——だれがそんなことを？」

ドミニクが声を荒らげる。「知るわけないでしょ！」

わたしは返事ができない。

「サシャはいまどこに？」

「旅に出ている」

「もう少しくわしく教えてもらえませんか」

「先週はフランスにいた。一カ月前はドイツに。その前はスコットランド、イタリア、アイルランドの絵はがきが届いた」

ロドニーが一面に絵はがきの貼られた冷蔵庫を手で示す。「三日以上同じ場所にとどまらない。だから、やつらはあの子を見つけられないんだ」

「だれが？」

「娘を追いまわしているやつらだよ」訊くまでもないと言わんばかりの口調だ。

「そういう人たちと会ったことはありますか」

「ない」

「サシャはその人たちの名前を知っていますか」

「いや」

「脅されていたんですか」

「何もかもが脅威だったよ」

これではどこにも行き着かない。

「記者ではなかった」ロドニーは言う。「名乗らなかったんだ。この家を見張ったり、サシャが職場へ向かうときや買い物に行くときにあとを尾けたり。サシャがエンジェル・フェイスのもとへ連れていってくれると思っていたんだな」

「サシャは警察に知らせたんですか」

「だれも信じてくれなかった。被害妄想だと思われたんだ。だからサシャをロンドン警視庁に採用せず、情緒不安定のレッテルを貼った」

「わたしから本人に電話をしてもかまいませんか」

「サシャは電話を持っていない」

いやみだろうか。

「向こうから電話が来るんだ」ロドニーはつづける。「いつかかってくるか、こっちは見当もつかない。たまに本人の兄やおばのところにも連絡があるようだが」

自分の居場所を隠しているわけだ。

「サシャを返してもらえませんか」ドミニクが言う。テーブルの下で夫の手を握っている。

どう言い返せる？　サシャが去った理由も知らないのに。

ロドニーがわたしのほうを向いて、振り絞るように言う。

「最悪のことを聞きたいなら言うが……わたしはサシャに腹を立てているよ。あの子が大人にならなければよかった、とね。娘を部屋に閉じこめて、家から出さなければよかった。わたしたちはここでじっとして、電話が鳴るか絵はがきが届くのを待っている。それがわたしたちの未来だ。毎朝起きて楽しみにしていることはそれだけだよ。毎日が娘ではじまり、娘で終わる」

ノッティンガムへ車でもどる途中、雨につかまる。西から移動してきた土砂降りの雨で、草原と林の風景がかすむ。水浸しのメトロノームさながら、車のワイパーが鈍い動きでフロントガラスのふちを叩く。

ホープウェル夫妻への訪問を思い返す。夫妻の疑念を妄想として片づけたい気持ちもあるが、ふたりは確証も正当化も求めなかった。妄想症の人間は、自分に対して世界が陰謀を企てている、誤りはけっして自分の落ち度ではない、と信じて疑わないものだ。妄想症の人間は自分が見たいものだけに固執する。

そして、わたしは陰謀を信じない。陰謀が存在しないわけではなく、明白な答より複雑な答に引かれる者が多すぎるのだ。人は大悪党や影の組織や〝国家内国家〟が社会を操り、裏で糸を引いていると信じたがる。

実際には、〝草深い丘(グラシー・ノール)〟からケネディを撃った真犯人も、ピザ店を装った児童売買春組織も、世界を牛耳る秘密結社も存在しない。マーク・トウェインがこう言ったそうだが、真偽は定かではない――〝トラブルをもたらすのは、知らないものではない。事実ではないとたしかに知っているものだ〟。

16 エンジェル・フェイス

ミニバスが出発するのは正午の予定だ。ほかの子たちがバスに乗ろうと押し合い、〝助手席（ショットガン）！〟と叫んだり、窓際がいいと言い張ったりするのを、あたしは少し離れて見ている。

「さっさとバスに乗ってくれない？」ミス・マクレディがネイサンの腕をつねって言う。

「いてっ！　おれが何したって言うんだよ」

「のろまなのよ」ミス・マクレディが声を落としながらも、こっちにまで聞こえる大きさで言う。

ミス・マクレディのパートナーのジュディがバスを運転する。角張った顔で、角張った服を着て、髪を短く刈っていて、ぱっと見はナイトクラブの用心棒かラグビーの監督みたいだ。

「あのふたりのどっちがズボンを穿くのか、わかるよ」クロエが言う。

「どういう意味？」

「あの人が男役。上になるほう」

レズビアンって上下にかまうのかな、とあたしは思う。

クロエは自分のことをセックスの上級者だと思ってて、兄の仲間たちと生物学の先生にフェラチオをしてやったのが自慢だ。その先生は自分のペニスの写真をスマホでクロエに送り、くびになった。匿名で送ったつもりだったのに、画像のトリミングをうっかり忘れて、コーヒーカップの〝老教師は死なず、ただ授業を失うのみ 諷言、初級篇〟（兵隊歌「老兵は死なず、ただ消え去るのみ」のもじり）という文字が映りこんだままだったのだ。

煩わしいことが少なそうだから、あたしは前のほうの座席にすわる。イヤフォンをして音楽を流してても、後ろのほうの席でクロエがあれこれ命令して、自分の隣にだれがすわるかを決めてる声が聞こえる。

ミス・マクレディが人数を確認したあと、行儀の悪い者には罰を与えるとみんなに忠告する。その話が終わりかけたとき、リノがバスに乗りこんでくる。歓声があがったのは、リノがすごく人気のある職員だからだ。若くて、音楽にくわしくて、前の晩に観た〈ラブ・アイランド〉（テレビの恋愛リアリティ番組）についてあれこれ話すのが好きだ。ロードキルって名前のパブ・バンドでキーボードを弾いてる。前にそのバンドがラングフォード・ホールに来て演奏したことがあって、それはみんなの覚えてるなかで最高に楽しかった思い出だ――近所の人にとっては、そうじゃなかったろうけど。

リノがあたしの隣にすわって、挨拶代わりにこぶしを突き出す。こっちもしかたなくこぶしを合わせてから、ちらっとリノを見て、またすぐ目をそらす。頬に無精ひげ、耳たぶにスタッドピアスがある。男の子たちが口笛を吹いて、大声でわいわい冷やかす。あたしは無視するけど、いつか見てろと思う。

リノは新婚旅行でスリランカへ行ってきたばかりだ。スリランカがどこにあるのか、地図で見せてくれたことがあったけど、距離の感じがつかめなくて、遠いのかどうかもよくわからなかった。

ミニバスが私道から出て、大きな通りを進むうちに、民家が少なくなって、質屋とか、なんでも一ポンドの安売店なんかが増えてくる。イスラム教関係の書店、ユダヤの戒律に従う肉屋、アラブの雑貨店、アジアのスーパーマーケット。この界隈は〝巨大な坩堝（メルティング・ポット）〟と呼ばれてるけど、何かが溶け（メルティング）てるってわけじゃないし、混ざってもいない。こういうのは好きだ――みんなばらばらだから。

好きじゃないのは年寄りで、文句ばかり言ってる――騒音のこと、交通のこと、生活費のことなんかを。みんな、蒸し団子みたいにくすんだ色でふやけてて、歩道をのろのろ歩くときも、バス停で待ってるときも、スーパーマーケットのレジで小銭を数えてるときも、若いもんは声が大きすぎるだの、動きが速すぎるだの、ただ息をしてるだけだの、ずっとぶつぶつ不満を言ってる。スケボーに乗るな。音楽を流すな。そんな服を着るな。

ミニバスが赤信号で停まる。リノはスマホで記事を読んでる。ノッティンガムでレイプされて殺された女の子の事件だ。

「だれがやったの？」あたしは尋ねる。

「どっかの変質者だよ」

「なんでわかるの？」

「何が？」

「だれかの頭がおかしいとか、とんでもない悪人だとか、どうすればわかるの？」

リノは肩をすくめる。

「あたしたちがラングフォード・ホールにいるのは、そういう理由でしょ？」

「きみたちのことを頭がおかしいとか悪人だなんて、だれも思ってないよ」

あたしは顔をそむけてガラスに額をあて、息を吐くたびに窓が曇るのを見つめる。

映画館でミス・マクレディが全員のチケットを買ってるあいだ、みんなで待つ。ゲーム機が電子音を響かせて、まぶしく点滅する。テーブルサッカーで遊んでる十代の男の子たちが、女の子たちに品定めされてるのに気づいてる。クロエがリーバーの手をつかんで、男の子たちのほうへ引っ張っていく。クロエはみごとだ——片方だけ爪先を立て、胸を突き出して、はにかんだ微笑を浮かべる。すぐに狙いを定めたいちばん見栄えのいい男の子は、心のなかのハリネズミを見せつけようとでもしてるのか、短いブロンドの髪をジェルでつんつんにとがらせてある。くすんだ灰色の目と透きとおる肌に目が引かれるけど、何より感じるのは自信たっぷりということだ。あの自信はどこから来るんだろう。歳のせいか、睾丸のせいか、それともアマゾンでオンライン注文したら翌日配送されるもの？

男の子はクロエの体に手をまわし、そのまま背中をなでおろして、さらにその下へ進める。

「クロエ・プリングル！」ミス・マクレディが大声をあげて、隣の男の子にとげとげしい目を向け、クロエに歩み寄ってグループへもどるよう急き立てる。クロエは首だけ後ろへ向けて、口の動きで〝あとでね〟と伝え、髪を左右へ振り払う。

みんなでポップコーンの列に並ぶ。つぎつぎと人が割りこむのを、あたしはほうっておく。リーバーはけちだから、何を選ぶかにたっぷり時間をかける。売り場の男が、飛行機の時間を気にするようなそぶりを見せる。男がリーバーにお釣りを手渡す。リーバーは手もとを見て言う。

「これじゃ足りない」

「えっ?」

「二十ポンド渡したのに」

「いや、十ポンド札一枚だった」

「嘘だ」

男は現金箱をあけて、一枚の十ポンド札を掲げる。「見ろよ!」

「渡したのは二十ポンド札一枚よ」リーバーが不安そうな顔になり、援護を求めて周囲を見まわす。

「つぎの人」男はリーバーの後ろへ目をやって言う。

「二十ポンド持ってきたんだから。ぜったい、ほんと」リーバーはミス・マクレディを見たあと、クロエ、ネイサン、それからほかの仲間へ視線を向ける。「二十ポンド札を渡したんだよ、誓ってもいい」

「きっと勘ちがいよ」ミス・マクレディが言う。

「誕生日にもらったお金なんだよ。ママが送ってくれた」

売り場の男が口をはさむ。「その子から受けとったのは十ポンドだ。いいな? こういう詐欺をやらかす子がしょっちゅう来るんだよ」

「詐欺じゃないもん」リーバーの声の高さが変わる。

落ち着きなさい、カウンターから離れて、とミス・マクレディがなだめる。

「でも、あいつにお金を盗まれたのに」

「だまりなさい、リーバー」ミス・マクレディは叱り、騒ぎを起こしてすまなかったと男に謝る。

あたしは列の後ろのほうで全部を見てたから、気乗りしないけど、前へ出る。「リーバーはほんとうのことを言ってるよ」

ミス・マクレディは眉をひそめる。「お金を渡すところを見たの？」

「リーバーは嘘を言ってない」

ミス・マクレディはあたしをカウンターへ引っ張っていく。「イーヴィ、あなた、あっちの後ろのほうにいたのよね。いくら渡したか、見えるわけがないでしょう？」

「リーバーは二十ポンド札を渡した」

「ふたりはぐるだ」男が言う。「やっぱり詐欺だよ」

「あんたはあの子をだまそうとした」あたしは一方の腰にかけてた重心を反対へ移しながら答える。

売り場の男はうろたえる。「支配人に連絡してやる。あんたらみんな、追い返されるぞ」

「連絡する気なんてないくせに」わたしは言う。

「警察に通報したっていいんだぞ」

「ええ、どうぞ」

あたしの声が自信に満ちてたので、男は驚いたようだ。反論されるのに――それも女の子から食らうのに――慣れてないらしい。男が前のめりになり、あたしはぶたれるのを覚悟して身構える。リノがあいだにはいって守ってくれて、心強く思う。「たぶん、これまでも同じ手口を使ってきたんでしょ」あたしは言う。「賭けてもいいけど、あんたはその二十ポンド札を自分のポケットに入れた」

男は怒ったふりをする。

「ポケットのなかを見せてください」リノが言う。

男は小声でぶつぶつ言ったのち、現金箱をあける。そして、十ポンド札を一枚取り出して、リーバーのほうへほうる。リーバーは床からそれを拾って、ジーンズの尻ポケットの奥へ押しこむ。

「あなたたちが嘘つきじゃなかったならいいけど」映画館へ進むあたしの後ろで、ミス・マクレディがぼそりと言う。

リーバーはあたしの前にいる。お礼を言いたいのか、首をひねってこっちを見るけど、ことばが出てこない。

17

日曜の午後、ノッティンガム城の日陰で、ほぼ同じ年ごろの少年ふたりと少女ひとりが手押し車とともに広場を横切っている。手押し車のなかに力なく横たわっているのは、ガイ・フォークスの粗雑な人形だ。藁かぼろ布を詰められ、赤い毛糸の髪にハンチング帽をかぶった人形には、なんだかそぐわないボタンの目がついている。

「ちょっと季節はずれだ」わたしは言う。「ボンファイヤー・ナイトは先週だったから」

「来年のぶんを早々とはじめてるのかも」キャロライン・フェアファクスが言う。イーヴィ・コーマックの弁護士は三十代前半の女性で、波打つ黒っぽい髪が顔にかからないようにヘアバンドで留めている。クリーム色のブラウスに、新品さながらの青いデニムのジーンズといういでたちだ。砂糖に手を伸ばして、スプーン二杯ぶんを入れ、ほうっておくと固まってしまうとばかりに掻き混ぜる。

「最近はガイ・フォークスの人形をあまり見かけないな」わたしは言う。

「悪いことじゃないと思う」キャロラインが応じる。「反カトリックの儀式って、かなり時代遅れだから」

「きみはカトリックなのか？」

「まさか！　機会均等を唱える無神論者よ」スプーンについた泡をなめる。

通りの向こうでは、日本人観光客たちがロビン・フッドの像の前で写真を撮ろうとしている。分厚い青銅で造られた薄緑色のロビンは、いまにも矢を放つところだ。その矢の向かう先に観光客目当ての露店があり、フェルト帽や中世風のチュニックのほか、ロビンの元恋人である修道女マリアンの頭巾や、タック修道士のテディベアなどを売っている。

「ロビン・フッドについてのきみの考えは？」わたしは気軽に問いかける。

「ロビンは居候や生活保護の不正受給者を儲けさせる危険な進歩主義者ね。いまなら刑務所行きか、労働党の党首に選ばれるかも」

キャロラインは微笑む。目と目が合って、わたしは一気に引き寄せられるのを感じる。その瞬間、キャロラインが心のなかで睾丸をがっしりつかみ、引っ張ったかのようだ。わたしは目をそらし、赤面しないようにする。向こうも目をそらすだろうと思ったが、キャロラインの目はいまなおわたしの表情を探っている。またスプーンをなめる。

「イーヴィの審理は水曜にある」わたしは言う。

「あなたとわたしがこんなふうに話すのは、許されることなの？」

「どういう意味？」

「あなたはたぶん相手方の証人として指名される」

「どちら方かに意味はあるのか」わたしは訊く。「全員がイーヴィにとっての最善を望んでいる」

キャロラインは疑わしげに見る。「だれかの選ぶ道を奪うとき、なぜ人はかならずそんなふうに言うの？」

「イーヴィは準備ができていると思うのか」

「わたしの仕事は、あなたみたいな人に質問をすること。つまり、大きな傷を負った女は広く邪悪な世界に出るべきじゃないと考えるような人にね」

「きみにも考えがあるはずだ」

「わたしは法律相談の弁護士で、臨床心理士じゃない」

「実家を離れたのは何歳のときだ？」わたしは尋ねる。

その質問はキャロラインを苛立たせる。「そんなことを訊いてなんの意味があるのか理解できない」

「大学にはいったとき？」

「そうよ」

「きみは休暇には帰省した。きみには学生ローンも、車も、親からの仕送りもあった」

「何が言いたいわけ？」

「イーヴィにはどんな支援もない。頼れる家族もいない」

「親がいないとか、家族からの支援がないという理由で、人を閉じこめつづけることはできない」

わたしはためらい、別の質問をぶつけようとするが、その前にキャロラインが言う。

「イーヴィが何者かは知ってる」

「なんだって？」

「イーヴィよ。ほんとうのことを知ってる」

わたしはあえて何も言わない。

「エンジェル・フェイス」一瞬、キャロラインは黙する。それから声を落として言う。

「推論の結果よ。あれくらいの歳の子で、自分の年齢を証明できない人間がどれだけいると思う？」

「他言は無用だ」

「法律は知っています、ドクター・ヘイヴン」

「サイラスと呼んでくれ」

遠くでまた別の、そろいの赤いショルダーバッグを肩に掛けた団体旅行客たちが、黄色い雨傘を指揮棒のように振りまわすガイドを追いまわしている。

こんどはキャロラインが言う。「イーヴィを閉じこめておきたいと思ってる？」

「いや」

「だったら、どうしてここへ？」

どう答えればいいのかも、真実を告げるのが適切かどうかも、わたしにはわからない。イーヴィ・コーマックが棘のように皮膚の下に居すわって、思いがけない瞬間に心をざわつかせることを、どう説明すればいいだろう。イーヴィはわたしを魅了し、揺さぶり、臨床心理士になった理由にあらためて気づかせてくれる。

ふつうなら、バランスが保たれ、日常生活をうまく送れているときに、精神を解放しようとすることに意味はない。それ以上に重要なのは、壊れてもいない〝機械〟を下手にいじりまわすのは危険をともないかねないということだ。大半の人間は、対処機構を発達させることによって、トラウマや喪失とともに生きることを学ぶようになる。失敗や欠落にくよくよ考えず、人生を前向きに送るということだ。

イーヴィが自分の身に起こった出来事をいまも覚えているのか、忘れることにしたのかはわからない。心の痛手となる記憶は抑圧されたのちに表出するという考えは、三十年にわたって心理学者や神経科医の論争の的となってきたが、一九九〇年代のこの記憶戦争はまだ決着していない。わたしはイーヴィが記憶を抑圧してきたとは思わない。わたしたちはイーヴィが耐え抜いた経験の一部を知っている。イーヴィは男が拷問されて死ぬときに耳を澄ましていた。腐敗していく男の遺体と同じ家で数週間過ごした。幼いころに性的虐待を受けたせいで、将来子供を産めないのではないかと医師たちは考えている。

セラピストやカウンセラーや臨床心理士が束になって手を尽くしたが、イーヴィはその目で何を見たかも、なぜ隠し部屋にいたかも、いっさい話していない。どんなに落ち着いて平気そうに見えたとしても、傷が消えることはない。かならず記憶がよみがえるはずだ。

キャロラインがコーヒーカップのふちを指でなぞり、カップの底に残っている泡を集める。

「お代わりは?」わたしは訊く。

「時間がないの」キャロラインは携帯電話に目をやって答える。「イーヴィのことでね。あなたを証人として召喚してもかまわない?」

「それはだめだ」

「でも、あなたはイーヴィと話をしてる」

「何も話してくれなかったよ」

「イーヴィの資料には目を通してる」

「同じことさ」

「ほんとうにあそこまでひどいことが——イーヴィの身に何が起こったの？」

わたしは体を近づけて言う。「イーヴィは自分にとっても他人にとっても危険な存在である。そう考えない人間に、まだひとりも出会っていないよ」

「あなたも同じ考え？」

「完全に同じわけじゃない。わたしの考えでは、イーヴィは自己破壊と自己嫌悪の傾向が強く、社交性に欠けて、批判にまったく動じない性格だが、その一方で、わたしが知るなかで最も自己認識に長け、大胆で自信に満ちた人間でもある。友達を必要としないし、他人からの承認や人との交流も求めていないと思う。だからと言って、自分だけでなく他人にとっても危険だということにはならない。ただし、なんらかの形で自分に害をなしたと見なす相手を攻撃したことはあるがね」

「イーヴィを無期限で監禁すべきだと考えてるのね」キャロラインが言う。

「そんなことは言っていない。イーヴィの力になりたいが、具体的にどうすればいいのかがわからないんだ」

「それはラングフォード・ホールにイーヴィを閉じこめる理由にはならない」

「たしかに」

キャロラインの表情が変化し、穏やかになったように見える。

「うちの事務所のだれもこの案件を扱いたがらなかったの。新参者のわたしに押しつけたってわけ。短いキャリアのなかで、法廷で争ったのはこれまでに二件。こんどは高等法院に出ることになる」

「きみならうまくやれるさ」本音に聞こえることを望みながら、わたしは言う。

「でも、あなたの主張は正しい。イーヴィは法廷で、どうやって生計を立てるのか、どこに住むのかといったことを尋ねられる……わたしは何も答えられない」

「きみの力になれたらいいんだが」

キャロラインはテーブルのそばに置いてあったブリーフケースを手にとる。

「イーヴィを証言台に立たせるつもりなのか」わたしは尋ねる。

「ほかに手はないと思う」

「やめてくれ。イーヴィはまだ……そうなったら……」わたしは言いきることができない。

「ほかに何ができるの？」

「それ以外ならなんでもいい」

18

ティモシー・ヘラー＝スミス警視正が捜査本部に足を踏み入れ、「連れてきたぞ！」と大声をあげたあと、草刈り機のスターターを引くような手つきで床へ向かってこぶしを突き出す。

だだっぴろい部屋に歓声がとどろき、刑事たちがこぶしを突き合わせて、ハイタッチをする。警視正のことばが捜査班の空気を一変させ、一同の心身の疲労を吹き払う。いっしょにいるのはレニー・パーヴェルとひとりの巡査で、その巡査は一気に脚光を浴びてそわついている。

レニーはヘラー＝スミスほど意気ごむ様子ではなく、上官が重要な説明をはじめるのをだまって見ている。刑事たちが詳細を聞こうと集まる。わたしもそこに加わり、後ろのほうで壁にもたれて立つ。

ヘラー＝スミスは高価な仕立てのスーツにシルクの赤いネクタイを合わせていて、警察幹部よりも政治家に見える。薄くなったまばらな髪を黒く染めて、べったりとオイルをつけ、唇の厚い魚のようにずっと口をあけている。

「ハリー・プラヴァー巡査だ」紹介するものの、名前をまちがえたので言いなおす。「グラヴァー巡査がジョディ・シーアン事件で大きな突破口を開いてくれた。では、本人から話を聞こう」

レニーがむっとしているのがわかるが、事を荒立てるつもりはなさそうだ。

若い巡査は両手で帽子を握って、落ち着きなく室内を見まわす。

「この前の水曜の午後……ジョディが発見された翌日のことです。ぼくがシルバーデール・ウォークで犯行現場の巡視にあたっていたら、ひとりの男が犬を散歩させながら近づいてきました。あれこれ話しているうちに、その男がほぼ毎日その道を通っているから一帯にはくわしいことがわかったんです。そこで、その道をうろついていた不審な人物、たとえば女性のあとを尾けていた者に気づかなかったかと尋ねました。すると、容疑者がいるなら写真を見せてもらいたいと言われ、その男の名前と住所を控えました」

先をつづけるよう、レニーが巡査に手ぶりで示す。

「その日の午後遅く、少女がふたりやってきました。公民館のそばに設置された、間に合わせの追悼の場に花を供えていました。一方がジョディといっしょに通学していたとのことでした。いつ事件を知ったのかと訊いたら、火曜の午後にサウスチャーチ・ドライブのバス停でバスを待っていたら、男がひとり現れたと言うんです。その男は犬を連れていたそうです――オーストラリアン・ケルピーを。男はふたりに、シルバーデール・ウォークは通らないほうがいい、歩道橋の下で警察が女の子の死体を見つけたから、と言ったそうです。いつのことかと少女に尋ねたところ、三時半ごろだという答でした。その時点で世間に公表されていたのは、ジョディが行方不明だったことだけなのに、その男は少女の遺体が見つかったことをすでに知っていたわけです。それも、場所まではっきりと」

「たしかに」ヘラー＝スミスが言う。「その情報が公表されたのは六時の記者会見で、しかも歩道橋にはふれていない」グラヴァーの警察手帳を掲げる。「巡査は証言の矛盾に気づき、その少女にさらにくわしい説明を求めたところ、その男がまさに同じ日の早い時間に自分が立ち話をした人物だとわかった。みごとだ。すばらしいお手柄だよ」

ヘラー＝スミスはグラヴァー巡査の肩を叩き、またしても名前を言いまちがえる。

レニーは苦笑いし、ヘラー＝スミスが〝深い考察に満ちた要約〟をしてくれたと感謝を述べる。なんの害もなさそうなことばだが、パンチを浴びせたような効果がある。ふたりは顔を見合わせる。互いに嫌悪を浮かべて。

警視正が出ていくと、レニーは緊張を解いて、机に寄りかかる。

「最も有力な容疑者はクレイグ・ファーリー、二十六歳。ベイントン・グローブでひとり暮らしをしていて、そこはジョディが発見された地点から一キロ半も離れていない。一時間前に身柄を拘束し、目下、鑑識班が自宅を捜索中。いまわかっているのは、仕事がクィーンズ・メディカル・センターの守衛だということ——これは八カ月前にジョディが肺炎で入院していた病院よ。ファーリーがそこでジョディを見かけて、劣情を催したとも考えられる。

さらに重要なのは、この男には前科があるってこと——セントラル・パークのネザーゲート・ストリームのそばで、複数の女性に向けて下半身を露出し、二度逮捕されている。本人は二度とも、裸で日光浴をしていただけだと主張している。二度目は執行猶予つきの有罪判決を受けた。十八歳のときには、未成年者との淫行でつかまっている。相手は十四歳の少女。少女の両親が告発を見送ったので、ファーリーは警告だけですまされ、性犯罪者として登録されなかった」

レニーは部下たちの顔から顔へと視線を移しながら、全員の気持ちをひとつにしようとする。

「火曜の朝、ファーリーがごみ袋に大量の洋服を詰めて運んでいる姿を近所の住民が目撃した。ファーリー自身は、慈善団体に寄付するつもりだったと主張している。だから、ノッティンガムじゅうの古着屋と服の回収箱をすべて調べて」

刑事たちから不満げな声があがる。レニーはそれを無視して、掛け時計にちらりと目をやる。

「勾留の延長を申請しないかぎり、ファーリーをとどめておけるのはあと二十三時間。時は刻々と過ぎている。容疑者に関するあらゆることを知りたい。同僚、友人、家族、過去に交際した女性、隣人からも話を聞いて。それと、容疑者の足どりを追うこと。この男にちがいない――体の奥底から感じる」

「DNAはどうなんですか」モンローが訊く。

「鑑定の結果が出るまで三、四日。その前に自白させたいところね。わたしとエドガーが一班。モンローとプライムタイムが二班」

「向こうは弁護士を立ててるんですか」ノーバディが尋ねる。

「まだよ。でも、すべて規則に従って進めるように。勾留中は二時間おきに休憩を与えること。じゅうぶんな水分と規則正しい食事を。きびしく接し、脅しはしないこと。つぎの捜査会議は四時にはじめます」

レニーはくるりと背を向けると同時に、渡された受話器を手にとる。相手は警察署長だ。レニーが返事をする声が聞こえる。「はい……一時間ほど前に……かなり確実かと……さっそく取りかかり……承知しました。真っ先にお知らせします」

レニーは電話を切り、ついてくるようわたしに手ぶりで示す。そのまま階下へおりて、建物の奥の取調室へ向かう。白く塗られた部屋には、テーブルがひとつと椅子が三脚、そしてマジックミラーがあり、尋問の様子の監視と撮影ができるようになっている。

クレイグ・ファーリーがひとりで椅子に前かがみにすわって、爪のささくれを噛んでいる。突然立ちあがって、ドアのほうへ歩いてくる。ノックをするかのように一方のこぶしをあげるが、思いなおす。いま、ファーリーはマジックミラーの正面に立ち、さりげなさを装いつつ、マジックミラーに映った自分の像の奥に目を凝らしている。見守る者がいることに気づいているかのようだ。

外見には、取り立てておかしなところはない。髪は褐色で、身長は百七十五センチぐらい、十五キロほど太りすぎの平凡な男だ。不安そうな一方で、どうやってここにたどり着いたのかよくわからないとでも言いたげな、妙にぼんやりした表情を浮かべている。

レニーとエドガー部長刑事が取調室へはいり、自分の名前を言う。それからファーリーに向かって、何か食べ物か飲み物は要るかと尋ねる。ファーリーは家へ帰りたいと言う。

「あなたは逮捕されました」レニーが説明する。

「まちがいだよ。冤罪ってやつだ」

「どんな罪？」

ファーリーはためらう。「なんだか知らないが、おれの仕業だとあんたらが考えてる罪だよ」

「それを聞けてよかった」レニーは言う。「クレイグ、あなたにとって事態はかなり深刻なようだったから。でも、すべて誤解なら、すぐに解決できるでしょう」椅子を引き寄せる。ファーリーはレニーを観察して、胸と尻に目を注いでいる。自分でも止められないのだろう。

「まちがいというのは、正確にはどういうこと？」レニーが尋ねる。

「おれはあの子に何もしてない」

「どの子？」

「新聞に出てた子だよ」

「名前はわかる？」

「ジョディなんとか」

「この子のことだな」エドガー部長刑事がファイルを開き、写真を一枚取り出して言う。「念のために説明すると、これはジョディ・シーアンの最近の写真だ。二〇一八年三月に学校のカメラマンが撮った」

ファーリーは写真を見て、また目をそらす。

「かわいい子でしょう？」レニーが尋ねる。

「おれのタイプじゃない」

「クレイグ、あなたのタイプは？　若い子が好きなのはわかってる」

ファーリーは返事をしない。

「あなたはかつて未成年者と性行為に及んだ」

「なんの罪も犯してない」

レニーは訂正する。「有罪判決を受けていない、よ。医師の報告書によると、あなたは実際に被害者の女性を犯した」

「相手はあなたの女友達だった」

ファーリーがうなずく。「あっちがそうしてほしがったんだ」

「ああ」

「なら、どうして手荒な真似をしたの？」

「あいつの父親が問題なんだ、おれじゃない」

ファーリーはわかってくれと言いたげに視線を顔から顔へと移す。

レニーは質問を変える。「じゃあ、ジョディとはどこで会ったの？」

何かに気づいたのか、ファーリーの目が一瞬きらりと光るが、答えるまでに妙に長くかかる。

「会ったことなんてない」

「病院で会わなかった？」

ファーリーは顔をしかめる。

レニーはポケットからプラスチックの小さな試験管を一本取り出す。「これが何かわかる、クレイグ？　あなたの頬の内側から皮膚細胞を採取するの。口を大きくあけて。さっとこすりとるから」

ファーリーは首を横に振る。「あんたらのことは信じない。現場におれのＤＮＡを仕込むつもりだろ」

「現場って？」エドガーが尋ねる。

「その女の子の事件のだよ。おれの唾をとって、そこに撒き散らすんだろ」

「おまえを容疑者のリストからはずすために、こうして訊いてるんだよ」

ファーリーは唇を引き結んで、かぶりを振る。

「無駄よ、クレイグ」レニーが言う。「必要なら、あなたをおとなしくさせることもできる。いまここに警察官を四人呼んで、強引に進めたっていい」

ファーリーはレニーから体を引き、鏡に映った自分の姿を見やって片手をあげる。別のだれかが尋問されているのか、自分でもわからなくなっているかのようだ。

「おまえの犬の名前は？」エドガーが尋ねる。

どの質問も罠だと言いたげにファーリーが答える。

「クランシー」

「犬種は？」

「オーストラリアン・ケルピー」

「ケルピーくんの散歩は毎日か？」

「メス犬だよ」

「ふだんケルピーちゃんの散歩はどこへ？」

「あちこち、いろいろ――たいてい川沿いだな。たまにラッシュクリフ・カントリー・パークへも行く」

「セントラル・パークは？」レニーが訊く。

「行かない」

「だろうな――そりゃ裸で日光浴のほうを選ぶさ」エドガーが言う。

ファーリーはむっとする。「誤解だ」

「シルバーデール・ウォークは?」レニーが尋ねる。「グラヴァー巡査に、毎日そこを通ると言ったそうね」

「毎日じゃない」

「月曜の夜は?」

また間があく。沈黙。ファーリーの頭が過剰に働いているのが見てとれる。うまい嘘をついたり、刑事が何をどこまで知っているかを推し量ったりするための頭脳や思考スピードが足りないのだろう。知能指数(IQ)が平均以下で、社交術に乏しいところは、ジョディの遺体をうまく隠しきれなかったこと、法医学をほとんど意識していないこと、そして未成年者との性行為や下級性犯罪の前科とも符合する。

レニーとエドガーは徐々に圧力を強めて、月曜日の夜のファーリーの行動を明らかにしていく。ふたりの手法にわかりにくさは微塵もない。ふたりが演じる役割を、室内にいる全員が承知している——ファーリーも含めて。

もしわたしがファーリーを患者として診るなら、ちがう尋ね方をする。まず子供時代、学校でのこと、家族との関係から探るだろう。生い立ちを知ったあと、性的な嗜好と妄想をゆっくり調べる。女性に何を期待するのか。何に興奮するのか。自慰行為の際に何を思い浮かべるのか。相手のにおいなのか、服なのか、それとも歩き方なのか。そして何度も面談を重ねるなかで、合意に基づくありふれた恋愛への幻想が暴力と搾取と抑圧への思いに毒されてきた経過を明らかにするだろう。ひょっとすると、子供のころに虐待を受けたか、あるいははじめてふつうの関係を持とうとしたときに拒絶されたのかもしれない。異性に無視されたか、あざ笑われたか、欠点をけなされたのだろう。

妄想が形を成したのはそのときだ——隅々まで練られた筋書きでは、女の子をものにし、仕事に就いて、いい車といかした友達を手に入れる。だが、現実の世界で女の子を誘って失敗するたびに、妄想の中身が変わっていった。恋愛観や相性は二の次で、自分を避ける女たち、自分をくびにした上司、自分をいじめた連中を罰することを想像した。頭のなかで、その女の子をものにするだけではなく、報いを受けさせた。ひとり残らず、そうさせた。

性的な報復を夢想するには、燃料を投下する必要がある。ポルノや暴力映画はいくらか役に立ったが、すぐに物足りなくなった。そこで、こまごました点を現実の世界に求めるようになった——さまざまな場所や被害者や記念品に……。女たちを家まで尾けていったり、物干しから下着を盗んだり、窓からのぞき見したりするようになった。そして実際に近づいてみると、たいがい女たちは幼くて慎重さに欠け、口説いてセックスにまで持ちこむのは思ったよりたやすかった。

これらはすべて、一連のファーリーの行動と矛盾するものではないが、ジョディをレイプして殺したことは過去の行動と一線を画する。そこまでエスカレートするには、何かきっかけがあったはずだ――家族の不幸、望まぬ解雇、予想外の挫折や恥辱などだ。

わたしが尋問するなら、じっくり時間をかけるが、警察にそんな贅沢は許されない。勾留の延長を判事に申請しないかぎり、二十四時間後にはファーリーを告発するか解放するかを決める必要がある。

二時間後、休憩になる。レニーが監視室にやってくる。ここまでの経過に満足しているようだ。ファーリーはまだ取調室にいて、ぶつぶつひとりごとを言いながら室内を行ったり来たりしている。

「何を考えてるの？」レニーが尋ねる。

「自供を引き出せそうだな」

レニーはその先を期待して待つ。

「あの男は暗示にかかりやすいようだから」

「意志に反する証言を口に詰めこむようなことはしないけど」

「そこそこの強さで押しこんでやれば、なんでも吐くんじゃないか」

皺のあいだに目が消えるほど、レニーはきびしく顔をしかめる。いらいらと腰を突き出し、憤然と言う。

「殺しを捏造させるようなことはしない」

「わかってるよ。でも、警察はファーリーの服から本人のＤＮＡと繊維を採取する。自白させるまでもない。あの男はすでに孤立し、途方に暮れているからね。アドレナリンが急上昇してジョディのレイプに及んだのだとしても、もうそのときの高ぶりが消えて、いまは自分がしたことの重大さを……自分が何者であるかを痛感しているはずだ」

「自殺の恐れがあると思う？」

「ああ」

「ずいぶんと時間と経費の節約になるけど」

「聞かなかったことにするよ」

19

「うわっ！　勘弁してよ」レニーが警察署のガラスのドアから外を見て、小声で言う。

歩道に集う人の群れが車道へまであふれはじめている。

「この一時間で集まったんです」巡査部長が言う。

「ここは教会の屋根並みにいろいろ漏れるものね」レニーはため息混じりに言う。

群衆のなかにフィリックス・シーアンの姿があるのがわかる。若い男ひとりと女ふたりがいっしょにいて、みな学校にかよっている年齢に見えるが、服装は流行と機能性のどちらを重んじるかしだいで、寒そうだとも大人っぽいとも言える。

正面の入口をふたりの制服警官が守っている。

抗議者のひとりが叫ぶ。「犯人の名前は？　自白したのか？」

ほかの者たちがそれを受けて高らかに言う。「犯人を出せ！　連れてこい！」

テレビの取材班が来ていて、カメラを肩にかついで群衆にスポットライトをあてていることにわたしは気づく。興奮が一気に高まり、叫び声がさらに大きくなる。わたしは群集心理というものに前々から関心がある。群集心理によって、人々がいかにして匿名性を得て、責任を放棄し、〝自己〟の感覚が薄れるのか。人が寄り集まっても、アイデンティティが失われることはない——集団の一部としての新たなアイデンティティを得るだけだ。

「人が増えたようね」レニーがぼそりと言って、ガラスのドアを押しあける。そこかしこでフラッシュが光り、記者たちが先頭へ出ようと押し合う。

「手短に説明しますから、みなさん、どうかすぐにお引きとりください」レニーは言う。「地元在住の男性一名を勾留し、ジョディ・シーアン殺害に関する取り調べをおこなっています。いま言えるのは以上です」

「だれなんだ？」群衆のひとりが声を張りあげる。

「氏名は公表しません」

「おれらにそいつと話させてくれ」

その発言が笑いを誘う。

レニーはつづける。「どうかお引きとりを。警察にまかせてください」

「われわれには、ここにいる権利がある」リーダー格の男が大声で言う。剃りあげた頭に刺青があり、Tシャツにはイギリス国旗を背景に〝自由（フリーダム）は無料（フリー）じゃない〟の文字と、極右活動家トミー・ロビンソンの絵が描かれている。

レニーはその男を無視する。人々が唱えはじめる。「悪魔！　悪魔！　悪魔！」

フィリックスが人ごみにまぎれようとして、するすると後ろへさがる。わたしは正面のドアから出て歩道を進み、無数の頭のなかのフィリックスを見失わないように群衆を掻き分けて歩く。フィリックスは車道を渡り、停まっている車と車のあいだを抜けていく。若い男女三人のさっきのグループと合流する。わたしは距離をとってあとを尾け、一行がレクトリ・ロードをのろのろ進むのを、煙草を吸いながら見守る。フィリックスは左右の女の子の体に腕をまわし、背骨に沿ってその手をなでおろして、デニムのショートパンツのポケットへ指を突っこむ。

フィリックスと話したい。ジョディのロッカーで見つけたあの金について尋ねたいが、いまはそのときではない。だから一定の距離をあけてあとを尾ける。わたしはこうやって人々のあれこれを知る。相手をじっと見る。歩き方、話し方、世界とのかかわり方を観察する。建築工学の技術者は橋や建物を見るとき、軸力や耐荷重点や抗張力について無意識に考えるものだ。わたしは人が体や顔や声をどう使うかに着目する。何を身につけているか、どんなふうに車を運転するか、他人とどういうかかわり方をするか。特別な作為もなく、無意識のうちに人々に関する情報を集めている――生活のこまごましたことではなく、人物像全体を知り、その人物の行動に何が影響を及ぼすかを調べていく。

フィリックスははるか先にいるわけでもない。わたしに気づいて振り向くのではないかと半ば期待していたが、女の子たちといちゃつくのに忙しくてそれどころではない。フィリックスはレクサスの前に着く。通り向かいに、わたしの年季のはいった赤いフィアットが停めてある。その瞬間、心を決める。わたしが通りを渡って、愛車のドアをあけるあいだ、フィリックスは仲間に別れを告げ、こぶしや肩をふれ合わせている。女の子のひとりがフィリックスに何やら耳打ちする。フィリックスはそれを払いのける。

車を尾行するのははじめてだ。パブから帰宅する人を尾けたり、田舎の行楽地まで人を追っていくのとはわけがちがう。ハンドルを握ったフィリックスはせっかちで、信号から信号までのあいだで盛んにアクセルを吹かす。二度見失ったが、道がひどく混んでいるので、向こうもそう先へは進めない。トレント橋を渡り、ロンドン・ロードを進んでメドウ・レーン競技場の前を過ぎたのち、左折してクイーンズ・ロードにはいる。フィリックスはノッティンガム駅に近い立体駐車場に車を乗り入れ、最上階まで進んでいく。レクサスを停めてロックし、リモートキーを人差し指でくるくるまわしながら足早に階段をおりていく。わたしはその足音が下でこだまするのを聞きながら、音を立てずに進む。

フィリックスが駅のコンコースにはいって、タクシーの列の横を過ぎ、自動ドアを抜けるのを、わたしは三十メートル後方から見ている。フィリックスは発着標の下に立っているが、時刻表を調べているわけではない。だれかを探しているらしい。人を乗せることになっているのだろう。

フィリックスはカフェや券売所や男子トイレを確認しながら、コンコースをゆっくり歩いている。並んだ自動販売機の前で足を止め、リュックサックを枕代わりにして床に横たわるふたりのバックパッカーへ目を向ける。そして何か言う。野球帽が持ちあげられる。首が横に振られる。

フィリックスは正面玄関を離れ、ステーション・ストリートを渡って公共職業紹介所へ向かう。自動ドアが開いて、面接待ちの求職者の列が見える。フィリックスは傾斜路のあたりをうろついて、人の出入りを観察している。ときおりだれかに近づいて話しかけるが、やりとりは短い。

また別の若者が現れる。両手をポケットに入れて、スウェットシャツのフードをかぶっている。フィリックスがその若者に挨拶すると、相手の顔に少年らしい快活さがひろがる。煙草が一本差し出される。受けとる。火をつける。吐き出された紫煙が冷たい空気に混じって消える。ふたりは互いを知らない。これが初対面だ。

二、三分話したあと、フィリックスがポケットへ手を伸ばして、ペンを一本取り出す。

若者に袖をまくりあげるよう手ぶりで指示し、相手の前腕に何かを書く。電話番号？　住所？　ここからでは遠くて見えない。

ふたりが別れる。若者は振り向かない。フィリックスが携帯電話に目をやる。入力する。両手を使う。満足したらしく、職業紹介所に背を向けて、鉄道駅のほうへもどっていく。いま見えたのがなんだったのか、正確なところはわからない。何かの勧誘か、仕事の打ち合わせだろうか。

やはりジョディのロッカーで見つけた金のことを尋ねたいが、いまはまだ無理だ。尾行していたことを知られるとまずい。フィリックスは、犬のそばでうたた寝しているホームレスの男の前に差しかかる。そこで足を止め、マネークリップから十ポンド札を一枚抜いて、男のポケットにねじこむと、この世になんの心配事もなさそうな軽快な足どりで歩き去る。

20

水曜日の朝、風に冬の気配が混じっている。まだらな雲が空いっぱいに流れ、ピーク地区からさらにその先のアイルランドへ向かっていく。ランニングに出ようと思っていたが、外の気温を見てすぐに考えを改める。セントラルヒーティングがまたしても効かない。種火が消えている。二十分かけて、親指がひりつくまで奮闘し、ようやく火花が安定した青い炎になる。

九時に迎えにくるようタクシーを呼んで、後部座席へ滑りこむ。運転手はラジオを聴いている。こちらから見えるのはその後頭部だけで、髪を剃ってオイルを塗った頭は、古い革のサッカーボールのような色だ。

「一週間前にノッティンガムの女子学生、ジョディ・シーアンが暴行、殺害され、歩道のそばで遺体が見つかった事件で、病院の守衛の男が告発されました。クレイグ・ファーリー、二十六歳が日曜日に逮捕されたのは本人が所有するベイントン・グローブの一軒家で、ジョディの遺体が発見された場所から約一キロ半のところでした。きのう遅く記者会見が開かれ、ファーリーがいっさいを自供し、きょうの午前にノッティンガム刑事裁判所に出廷する予定であることを、レノア・パーヴェル警部が発表しました」

わたしはレニーの声がニュースを引き継ぐのを聞く。

「容疑者は警察に協力する意思を示していますから、ご遺族のかたがこれ以上心痛に苦しまれることはありません。この一週間、寝る間を惜しんで力を尽くしてくれた捜査班の面々に感謝します。このようなすばやい逮捕は、捜査陣の職業意識と激務の賜物です。それはひとえにジョディのためであり、またジョディの人生とかかわったすべての人たちのためでもあります。彼女をよみがえらせることはできませんが、忘れないようにすることはできます」

運転手がわたしに話しかけている。

「すみません、いま何か言いました？」わたしは訊く。

運転手が首の動きでラジオを示す。「あたしも仲間たちもまちがってましたよ」

「なんのことですか」

「ジョディ・シーアン。あたしらは、てっきり家族の仕業だと思ってたんです。身近なだれかだと」

「何か、そう思う理由が？」

「だって、ふつうは、ほら。いまどきは八十パーセントがそうでしょう」

どこからそんな数字が？

運転手はわたしが同意するのを待っている。

「ご家族を知っているんですか」わたしは訊く。

「父親をね。気むずかしい頑固な男です」

わたしはドゥーガル・シーアンの名を口にしようかと思うが、あえて言わない。

「同業者なんですよ」運転手は言う。「ちょっと前に問題があってね。ドゥーガルに襲われたって苦情を言ってきた女がいたんです。やつに言わせれば、はるばる女をカルヴァートンまで乗せてったのに、金は払えないと言われたらしくて。女のほうは、財布を盗まれたと言ったんだとか。ドゥーガルは警察に通報すると警告したんですが、あっちが先手を打って、監禁されたと訴えた。で、腕にあざができてたって。ドゥーガルがやったのかもしれないが、女の恋人のせいかもしれない」

「で、どうなったんですか」

「裁判沙汰にはなりませんでした」バックミラーを見る。「だから、あたしもこういうのを採り入れたんです」ダッシュボードの上にある小さい箱を指さす。「お客さんも隠しカメラで撮られてますからね。はい、チーズ！」

タクシーはダービー・ロードを進んで、レントン修道院や大学の前を過ぎていく。環状道路の最初の出口でおりて、コンクリートの水路にすぎないリーン川を渡ったのち、アビー・ストリートを道なりに走る。プラタナスの並木が形作る金色のトンネルがはかなげに風を受け、枝の隙間から、その名にふさわしいキャッスル・ロックという高台に建つノッティンガム城が顔をのぞかせる。征服され、打ち壊され、再建されたのちにまた征服されたその姿は、いまなお小塔や銃眼つきの胸壁を具えた要塞というより、広大な屋敷という趣がある。

タクシーはわたしを刑事法院の現代的な建物の前へ連れていき、アーチ形のガラスの入口でおろす。テレビの取材班が正面ロビーで風をしのいでいる。大きな紋章の前にカメラをセットし、クレイグ・ファーリーの初出廷の瞬間をスタジオに中継しようと記者とともに身構えている。

高等法院の聴聞会はこの建物の別の場所で開かれる。イーヴィ・コーマックの件は十時三十分に予定されている。わたしはイーヴィの不安そうな顔を想像しようとするが、そのような感情がうまく結びつかない。

廊下に法律家と依頼人たちがあふれている。ここは家族法関連を――離婚や子供の親権の申請を――扱うエリアだ。ここにいるのがそういう夫婦ばかりだと気づいたのは、本人同士は目を合わせないようにしているのに、それぞれの弁護士同士が笑顔で雑談しているからだ。〝愛し、賛美し、敬う〟という真摯な誓いからはじまった結婚生活が、いまやだれが、何を、いつ、どのように手に入れるかを詳細に記したリングフォルダーに成り果てたわけだ。協議のすえに、ふたりは判事の立ち会う審理の場にたどり着いた。そして、神が結びつけて何人たりとも断ち切れぬ関係を、これからここで解消するのだ。

キャロライン・フェアファクスの姿を見つける。〝法廷服〟と呼ぶべきそろいの黒いジャケットとスカートに、襟つきの白いブラウスを合わせて着ている。近寄ると、キャロラインだけではないのに気づく。もうひとりの体の特徴がひとつひとつ目にはいる――そばかす、鳥のような骨格、先が上を向いた鼻。イーヴィが変貌をとげている。髪を地毛に近い色に染め、ワンピースとカーディガンを首もとまでボタンを留めて着ている。ショートブーツのせいで、ふだんより五センチほど背が高い。上品な装いにもかかわらず、麻袋か苦行者用の肌着を無理やり着せられたようなみじめな顔をしている。

わたしは微笑む。

「何見てんの？」イーヴィがきつい口調で言う。

「すてきでしょ？」キャロラインが言う。

わたしはうなずく。イーヴィがふざけるなと言う。

「そういうところを改めないと」キャロラインが言う。

「何を？」

「口汚く罵ることよ。法廷では許されない」

「そこまでばかじゃないから」イーヴィは言って、カーディガンの襟を引っ張り、けっしてしとやかとは言えないしぐさでショーツのゴムを直す。

イーヴィの化粧が鏝（こて）で塗りたくったふうではなく、控えめで薄いのは、キャロラインが手伝ったからにちがいない。

だれかがわたしの名前を呼ぶのが聞こえる。ガスリーが手招きしている。そばにふたり、チャコールグレーのスーツを着た法律家タイプの男たちが立っている。それとは好対照で、ガスリーはコーデュロイのゆるいズボンの上に、カナリアイエローのまだら模様がはいったツイードのジャケットを着ていて、肌に黄疸が出ているかのように見える。

ふたりのうち背の高いほうが、ノッティンガム市議会から依頼を受けた勅選弁護士のデリク・ホッジだと自己紹介をする。もうひとりは同件を担当する事務弁護士のスティーヴン・カーターだ。ホッジは指を強く絞るような握手をし、威嚇や序列決めを目論んでいるのか、体を前のめりにしてくる。カーターは両手いっぱいにリングファイルをかかえていて、会釈をするので精いっぱいだ。

「いいところで会った」ガスリーが言う。「ミスター・ホッジがおまえを証人として召喚したいそうだ」

「わたしを？」

「イーヴィ・コーマックは裁判所が指名した臨床心理士との面談に応じないが、おまえとは会って話した、とおれから助言したんだ」

「二度会っただけだし――臨床の場でもなかった」

「しかし、ナイフの事件のあいだも、あなたはその場に居合わせた」ホッジが言い、〝ごまかすのはなし、逃げるのもなし〟と言わんばかりに、まっすぐな揺るぎない視線をわたしに向ける。

「だからどうしたと？」

ホッジは答える。「イーヴィ・コーマックはひどく興奮した少年に向かって、自分を刺せと迫ったそうですね」

「そうじゃありません」

ホッジの右眉が額へ吊りあがり、髪の生え際まで達しそうになる。

「監視カメラの映像を見ましたよ。彼女はナイフを自分の心臓へ向け、胸のほうへ引いている」

「相手の警戒心を解いたんです」

「自分を刺せと少年に言っていますが」

「相手にその気がないとわかっていたからです」

「あなたになぜそんなことが……」

「イーヴィ本人から聞きました」

ホッジがぬくもりもユーモアも感じさせない小さな笑い声をあげ、わたしは自分がこの男が好きではないと確信する。

「証言するのは気が進みません」わたしは言う。「ただ傍聴に来ただけですから」

「だれに頼まれて？」

「自分の意志で」

ガスリーはわたしにとまどいを覚えているようだ。「おまえはイーヴィを救いたいんだと思ってたが」

「思っているさ」

「その点はご心配なく」ホッジは言う。「判事にはイーヴィの経歴と各種書類を提出ずみで、あとはなんの問題もありません」キャロラインのほうをちらっと横目で見る。「それに相手は大物でもありませんし」

ますます不快な男だ。

拡声器がわたしたちの会話をさえぎる。いよいよ審理がはじまる。ホッジは事務弁護士にうなずいていう。「さっさと終わらせよう」

イーヴィの素性と一連の過去を伏せるため、審理は非公開でおこなわれる。証言するかしないかはさておき、わたしは法廷から認められた専門家証人として、せまい傍聴席にすわることを許される。

キャロラインとイーヴィが一方の席の片端にすわり、反対側の端にホッジとカールトンが着席する。ガスリーはそのすぐ後ろの席で、助言したりメモを渡したりするために控えている。セイル判事が横手のドアから入廷する。紅茶を思わせる黒っぽい髪に、なぜか灰色の眉の中年男だ。笑みをたたえて一同を歓迎し、それぞれの名前を書き留めたのち、イーヴィに直接話しかける。

「はじめまして、ミス・コーマック。恐ろしい場所に見えるでしょうが、わたしたちがここにいるのは、だれかを懲らしめるためでも、否定するためでもありません。ここはあなたが自由かつ正直に話せる安全な場所です」

セイルはつづいて法律家たちに言う。「みなさんが本件に適用される厳格な秘密保持条項をじゅうぶん理解していることと信じています。関連する提出書類にはすべて目を通しましたから、このあと双方に最終陳述の機会を設けて、わたしが裁定を出します。イーヴィからも話を聞きたいと思っているのですが——もしご本人がかまわなければ」

イーヴィはなんの反応も示さず、自分を抑えているようだ。

「では、はじめましょうか、ミス・フェアファクス」セイルは言う。

キャロラインが立ちあがり、一瞬イーヴィを見る。それから自分のメモをたしかめ、胸を張って言う。

「イーヴィ・コーマックは、身元を突き止めて家族を見つけるという試みがすべて失敗したあと、いまから六年前に当裁判所の被後見人になりました。いずれはだれかが近親者として名乗り出るか、里子か養子として引きとるのではないかと期待されましたが、そのようなことにはなりませんでした。

通常、保護命令が適用されるのは、児童に深刻な危害が加えられるリスクがあると見なされる場合ですが、イーヴィについては、すでに危害が加えられたあとでした。ロンドン北部の民家で、隠し部屋にひそんでいるところを発見されました。不潔で栄養状態も悪く、骨軟化症など、いくつもの疾患がありました」

ホッジが立ちあがる。「裁判官、この物知りの友人が一から歴史の講義をするつもりでなければよいのですが。いま述べられた事実は本件となんの関係もありません」

「いいえ、あります」キャロラインは言う。「何より重要な事実です。イーヴィの年齢に関することですから」

セイルがつづけるよう身ぶりで示す。

「裁判官、児童の保護義務は、法廷がくだした幾多の判例から成る慣例法で認められていて、それらは児童に適切な注意を払うことや、予見しうる危害を回避することを個人や組織に義務づけています。イーヴィ・コーマックの場合、これまでは地方自治体がその役目を果たしてきましたが、このたび十八歳となったため、本人が保護の終了を求めています」

「十六歳である可能性もあります」ホッジが口をはさみ、手の甲の上でペンをもてあそぶ。

「あるいは、十九歳の可能性も」キャロラインは言い返す。「依頼人は成人であり、成人として扱われることを望んでいます」

「どっちも、というのは無理です」ホッジは言う。「親と絶縁する子供のように、イーヴィは地方自治体と縁を切ろうとしています」

「イーヴィが後見の取り消しを求めるには、どんな判例法を用いればよいと？」キャロラインは言い返す。

「もっと成人らしくふるまえば、考えられなくもない」ホッジは立ちあがっている。キャロラインが異議を申し立てようとするが、ホッジは無視してつづける。「年齢の件はさておき、イーヴィ・コーマックの精神の健康、それに自傷や暴力への傾向は無視できません。安全で落ち着いた愛情深い家庭にばかり十二度も里子として預けられたにもかかわらず、そのたびに制度に抗ってきたのです。少なくとも二十回は保護下から逃げ出し、何週間も行方がわからないこともありました。盗みを働き、薬物を摂取し、賭博に手を出し、飲酒し、警察官を侮辱し、逮捕に抵抗し……」

「一から歴史の講義をしているのは、いったいどっちかしら」キャロラインが言う。

「事件と大いに関係があるのですよ、ミス・フェアファクス」ホッジは反論する。「イーヴィ・コーマックがこの四年間、重警備の児童養護施設で過ごしてきたのは、イーヴィ本人が規則に従うことを拒んだからであり、あえて言えば、未熟なふるまいしかできなかったからです。施設の職員、仲間の入所者、精神衛生のケアワーカー、セラピスト、臨床心理士、精神科医などに対して暴言を吐いてきた――その人々の多くが証言を提供していきます。本日、イーヴィの担当官が出廷していますが、これまで見てきたなかで最も深い傷を心に負った子供だと評しています。つい先週も、ラングフォード・ホールで悪質な傷害事件に巻きこまれたとき、イーヴィはナイフを自分の心臓に向け、ひどく取り乱している若者に自分を刺し殺すよう迫りました」

「相手の警戒心を解こうとしたんです」キャロラインは言う。

「みずからを犠牲にすることで」

「そういう作戦でした」

ホッジは鼻を鳴らし、ことば遊びにすぎないと切り捨てるように、手を振って退ける。

「イーヴィ・コーマックは後見を停止できるほどの大人でもなければ、安定してもいません。生活の手段を持たず、職業訓練を受けてもいないし、住む場所もない。犯罪統計によれば、要保護児童がその後に収監者のかなり大きな割合を占めるということも、ここで指摘せざるをえません」

「地方自治体による後見を手放しで認めることはできません」キャロラインは言う。

「イーヴィ・コーマックの年齢を立証する責務は、議会にはありません」ホッジは言う。

「だれの責務だと?」

「イーヴィ本人です。ミスター・ガスリーからの提出資料によると、イーヴィ・コーマックは自分のほんとうの名前と年齢を知っているが、協力を拒んでいるという。自分自身こそが最大の敵なのです。後見からはずれる準備がまだできていないということであり、たとえ本日この法廷で成人と見なされることになっても、地方自治体からわたし宛にすでに通告が来ており、精神健康法の分類に基づいて、重警備の精神科病院へすみやかに送致するよう指示を受けています」

「とんでもない」キャロラインは言う。

「何、そのクソみたいな話！」イーヴィが叫んで、勢いよく立ちあがる。その拍子に椅子が音を立ててひっくり返る。イーヴィは自分の席からホッジのほうへ、喉笛を引き裂こうとするかのように詰め寄る。キャロラインがイーヴィの腰をかかえて引きもどす。イーヴィは小柄なのでたやすく持ちあげられるが、脚をばたつかせて激しく蹴り出す。

ホッジは後ろへさがっている。「ほら、そういうところだよ」

「このクソじじい！」イーヴィは怒鳴る。

「お願いだから、落ち着いて」キャロラインが懸命に言い、困り果ててわたしへ目を向ける。

セイルはイーヴィが席にもどるのを待ち、それから忠告する。「これ以上暴れることは許しません」

イーヴィは怒りで肩を震わせている。あるいは泣いているのかもしれない。ここからでは表情が見えない。

セイルがファイルを開いて、ページをめくる。余白に走り書きがしてあって、下線の引かれている段落があるのが一瞬見える。

「判事席へ来てもらえますか、ミス・コーマック」セイルは言う。「こちらにすわってください」

イーヴィはぎこちなく立ちあがると、やや内股気味に歩き、ときどき後ろを見ながら前進する。セイルは自分の席と同じ高さに置かれた木の椅子を指さす。

「こんな話を聞かされて、気の毒に思いますよ」セイルは静かに言う。「自分のことをあんなふうに言われるのは、気持ちのいいことではないでしょう」

イーヴィは返事をしない。

「申請書に目を通しましたよ。あなたの気持ちは理解していると思います。子供たちはさまざまな理由で後見を受けています。理由はおもに親の虐待や育児放棄ですが、世話をする人がいないという場合もあります。あなたの場合は非常に深刻であると見なされて、この法廷の保護下に置かれ、わたしたちが後見人をつとめています」

イーヴィは背筋を伸ばして膝をそろえたまま、椅子の上で一心不乱に耳を傾けている。

「自分の年齢を知っていますか」セイルは尋ねる。

「十八です」

「出生日は？」

「正確な日付はわかりません」

「その年齢にしては小さく見えますね」

「裁判官にしては若く見えますね」

それを聞いてセイルは微笑む。

「ここに児童保護の専門家たちからの報告が八件あるんですが、それによると、あなたはあなた自身にとっても、社会に対しても危険な存在であるとのことです」

「まちがいです」

「それどころか、あなたの申請を支持する報告は、きのうわたしのもとに届けられたひとつだけです」セイルはファイルを手探りし、眼鏡をぎこちなく鼻に載せながら言う。「あなたが成熟して安定した人間であり、後見を中止してもかまわないと考える唯一の人物は、臨床心理士のドクター・ヘイヴンです」

イーヴィが首をひねってわたしを見る。キャロラインも同じようにする。ほんの一瞬、わたしは全員の注目の的になるが、すぐにまたセイルが集中を促す。

「ひとりになったら、イーヴィ、あなたはどうしますか。どこに住むつもりですか」

「ロンドンへ行って、仕事を見つけたいです」

「あなたにはなんの資格も職歴もない。それに、国民保険番号も銀行口座も貯金もありません。そして、ミスター・ホッジの主張が正しい可能性もあります——つまり、あなたは十六歳かもしれない」

「十六になったら結婚できます」

「親の同意があれば、の話です」

「軍に入隊できます」

「親の許可があれば」

イーヴィは口をつぐむ。この言い合いには勝てそうもない。

セイルはつづける。「あなたの後見を取り消す命令を出すこともできますが、それはあなたが経済的に自立して、ひとり暮らしができるほど精神的に成長していると証明できる場合、あるいは未成年者にじゅうぶんふさわしい家庭環境を得られると証明できる場合にかぎります」

「あたしは十八です」

「しかし、それを証明できない」

「だれだってそうです」

「たしかに。そこがむずかしいところですね」

セイルは眼鏡をはずして、ポケットから布を取り出し、両方のレンズに息を吹きかけて磨きはじめる。

「あなたをいつまでも被後見人にしておくのは、わたしとしても本意ではないんですよ、イーヴィ。しかし、あなたが生活の手段を見つけるか、ほんとうの年齢を証明できないかぎり、ほかにどうしようもありません」

イーヴィは首を左右に大きく振る。いまにも怒りを爆発させそうだ。ところが、イーヴィは目の端に涙をにじませながらも、こぼすまいとしている。ホッジが勝ち誇った笑みをたたえる。

セイルは眼鏡を耳にかけなおし、メモをとりながら告げる。

「審判請求人であるイーヴィ・コーマックの生年月日を定めます。記録によれば、イーヴィは六年前の九月六日に発見されました。よって、来年の九月六日を十八歳になる日付と決定します。それまでイーヴィは地方自治体の被後見人のままです」イーヴィに向かって言う。「それまでの時間を有効に使うように。カウンセラーのみなさんの言うことに耳を傾け、熱心に学び、自分自身の問題を整理してください」

イーヴィはセイルをじっと見つめる。自分の運命が一瞬にして決まったことが信じられないし、信じたくないと言いたげだ。決定の速さも。完全に予想外だったことも。

これで終わりではない、とわたしは直感で察する。イーヴィの人格の奥まった部分がいまや激しく掻き立てられ、怒りを世界にぶちまけるのにふさわしい瞬間を待っている。

21 エンジェル・フェイス

体のなかで憎しみがこみあげる。お腹から喉を通り、首から頬へとのぼっていく。ほとんど音のしない法廷で叫びたくなる。だれかを叩きのめしたい。血まみれにして、いっぱい殺して、ぶち壊したい。

ゆっくりと立ちあがって、自分の席へもどる。キャロラインがあたしの腕をなでる。やけどしたみたいに、あたしは身を離す。急に、この女が憎くてたまらなくなる。にきびや染みのひとつもない肌に、高そうな服に、ココナッツのにおいがする小ぎれいでまっすぐな髪。たまたままともな家に生まれただけで、どんなものでも手にはいる女。一流の学校にかよい、長い休みには外国へ出かけ、習い事はバレエとバイオリン。なんでも簡単に自分のものになる――学歴、仕事、それに婚約者も。アパートメントを買うお金だって、パパとママが出してくれたにちがいない。キャロライン・フェアファクスって名前も、映画スターかファッション・デザイナーかって感じだ。

この女、大きらい。どいつもこいつも大きらい——裁判官もガスリーも、うるさい弁護士連中も。カス！　チンポ野郎！　人間の屑！　あたしはやつらから顔をそむける。いやな顔を見せたりはしない。なんであいつらは希望をちらつかせておいて、あとから打ち砕くのか？　ただぶん殴って、骨の一、二本でも折って、下水にほうりこめばいいのに。お腹にこぶしをねじこむか、股ぐらをふみにじればいいのに。

いまはそんな気分だ。前もここに来たから、よくわかってる。あたしは問題児だ。無価値、鼻つまみ、ゴミため、汚水溝、サンドバッグ、厄介者、サイテー女、まぬけでくさいメス豚。

過去からは逃げられない。子供に逆もどりだ。ふくれっ面をしてべそをかき、人から人へと渡され、特別配達みたいに迎えられたあのころに。きれいな服を着せられ、塗りたくられ、ちやほやされて、何か役を演じつづけたあのころに。

「パパとお呼び」

「ジミーおじさんだよ」

「メアリーおばさんって言いなさい」

「わかった、パパ。お願い、パパ。痛くしないで、パパ。もうやめて。つぎはいい子にしてるから」

遠くから声が聞こえる。サイラスが話してる。裁判官。キャロライン。あたしは聞く気なんかない。どうせ聞いたって意味がない。カーディガンが首を締めつける。ブーツのなかの足が痛む。

突然、この法廷でマシンガンを握る自分の姿が目に浮かぶ。引き金を引くと、弾丸が音を立てて空中を飛び、みんなのお腹や胸や目の玉が穴だらけになる。噴き出る血が壁を染める。

みんな死んで、死体がそこらじゅうに転がってる。あたしは扉をあけて廊下を進み、階段をおりていく。ロビーを抜けて通りに出て、銃を持った警察隊に叫ぶ。「ほら、捕まえてよ！　撃って！」

キャロラインがあたしの肩を揺する「イーヴィ、聞いてる？」

胸がきしむ。サイラス・ヘイヴンが証言台にいる。なんで？　いつの間に——

「ドクター・ヘイヴンは、あなたがいっしょに住むことに同意するかどうかを知りたいのよ」

「何、それ」

「里子になるの」

「わけわかんない」

裁判官のセイルが話してる。「ドクター・ヘイヴンはあなたの里親になろうとしています。もちろん、地方自治体と警察による審査を経て、承認を得なくてはいけませんが、その前に、この提案をあなたがどうとらえるかを知りたいとのことです」

「これまで何も話していなかったけれど」サイラスが口を開き、こちらに語りかける。「きみにとってあまりに唐突な話だし、わたしのことをよく知らないというのも承知している。だが、こちらは真剣だ。ノッティンガムに大きな家を持っているんだよ。古いおんぼろ屋敷だけど、居心地はいい。きみ専用の部屋とバスルームを用意する」

「そこで学業をつづける必要があります」セイルは言う。「あるいは、職業訓練を受けるか、仕事に就くか。あなたは来年の九月まで裁判所の被後見人ですから、里子としての生活も自治体が定期的に観察します」

あたしはずっと何も答えない。どこに罠が仕掛けられてるのか？　なぜサイラスはこんなことを言いだすのか？　あの人と寝るつもりはない。もしあたしに指一本でもふれたら……。

「もう逃げ出すことはできませんよ、イーヴィ」セイルは言う。「来年の九月まで良識ある行動を心がけるように」

あたしはまわりの顔から顔へ視線を移し、それからまたうつむいて、足に食いこむブーツを見つめる。あの人には話さない。ぜったいに何も。

22

「まったく、何を考えてるんだ」ガスリーが聞こえよがしにつぶやく。すでに法廷の出口まで来ていて、引くべきドアを押してあがいている。イーヴィとキャロラインはまだ席にいて、何やら話し合っている。イーヴィもガスリーと似たことを言っているのだろう。

「イーヴィの力になってくれと頼んだが、引きとれとまでは言ってないぞ。あの子がどれだけ危険か、わかってないんだな」

イーヴィはこちらを見つめていて、その目は疑念に満ちている。いや、殺意かもしれない。

「ほら、あの子」わたしの視線を追って、ガスリーは言う。「どうやっておまえを破滅させるか、いまから考えを練ってるんだ」

「そんなわけがない」

「あの子は煉瓦で他人の顎を壊すぞ。もしかしたら、テリー・ボーランドも殺したのかもしれない」

「ばかばかしい」

「一週間もしないうちに送り返すことになるさ」

「いや」

「じゃなきゃ、あの子の首を絞める」

「ふざけるな」

「あの子は人の弱点を見抜くんだよ、サイラス。いっしょにいると、自分のあり方に疑問をいだくようになる」

それがそんなに悪いことだろうか？

ガスリーは指で髪を掻きあげ、口を開いたり閉じたりして小さく舌打ちする。「いまからでも撤回できる。判断を誤ったと言えばいい」

「もう決めたことだ。あとは本人しだいだ」

「とんでもないな」ガスリーは小声で言う。

「喜んでくれると思ったんだがね。もうあの子に煩わされずにすむんだから」

そのとき、ガスリーこそが顎の骨を折られた本人ではないかと思い至る。イーヴィから金を盗み、警察に届けるかどうかで嘘をついたが、見抜かれたのだろう。

「発表するつもりなのか」ガスリーは尋ねる。その目には新たな思惑が浮かんでいる。

「どういうことだ」

「オリヴァー・サックス気どりで、イーヴィ・コーマックについて執筆する気なんだろう。あの子はおまえのソロモン・シェレシェフスキーってわけだ」

ガスリーはロシアの有名な記憶術師の名前をあげた。無作為に並んだ数字や長大な列を、知らない言語のものですら、前からも後ろからも覚えることができた男だ。一九二〇年代にアレクサンドル・ルリヤという神経心理学者が見つけ出し、本にまとめて話題を呼んだ。

ガスリーはさらに言い募る。「おまえは信頼できるやつだと思ってたんだが、ただの偽善者だったんだな。ほかの連中と同じように、イーヴィを利用するつもりだろう」

頬に熱い血がのぼるのを感じる。ガスリーのたるんだ腹に鋭い一撃を見舞って、息の根を止める寸前にしてやりたい。欺瞞に満ちたご都合主義の役人め、と罵ってやりたい。こういうやつは人間の邪悪な面ばかりを嗅ぎまわり、よほどのことがないかぎり善良な面には目を向けない。イーヴィはみんなで奪い合う賞品ではない。

キャロライン・フェアファクスがこちらへ近づく。ガスリーは憐れみの視線をわたしに送ってドアを押し、ぶつくさ言いながら去っていく。

「何を話してたの」キャロラインが尋ねる。

「なんでもない」わたしは答え、席にひとり残るイーヴィを見やる。

「あなたと話したいようよ」

わたしはうなずき、どこかでランチを食べようと提案する。キャロラインはお祝いと称して自分が支払うと申し出るが、イーヴィは納得したふうではない。遠くまで歩くには寒すぎるので、角を曲がってすぐのレストランへ向かう。

イーヴィがわたしの正面にすわる。何を言いだすのか待ってみるが、イーヴィはマニキュアを落とした自分の爪を見つめている。空腹ではなさそうだ。そんなことはおかまいなしで、キャロラインはイーヴィのぶんも注文する。ハンバーガー、と。

「あたし、ベジタリアンだよ」だれもが知っていると言いたげにイーヴィが言う。

「じゃあ、スウィートコーンのフリッターがある」

イーヴィは肩をすくめる。キャロラインは席を立って、洗面所へ向かう――ふたりきりで話す時間を作ってくれたのかもしれない。

「里親なんて要らない」イーヴィが言う。わたしが途方もなく鈍い人間だと思っているのか、一語一語ゆっくりと発音する。

「裁判官は逆の意見のようだったが」

「あんた、変態？」

「ちがう」

「あんたとやるつもりはないから」

「それはよかった」

「百万ポンドもらってもやらない」

「おやおや。ずいぶんお高いんだな」

同じくらい子供じみたふるまいを自分がしていることに気づき、いやになってくる。

「きみの力になりたい」わたしは口にするが、怒った父親が娘に説教しているような声に聞こえる。イーヴィの顔がこわばり、表情が消える。目の前に煉瓦の壁がそびえ立ったかのようだ。

「まず、わが家を見にこないか」わたしは言う。

「何が起こったかなんて話さないから」

「わかった」

「ハッピーファミリーごっこをする気もない」

「そんなゲームは知らないな」

イーヴィはわたしを値踏みするかのように、下唇を噛みしめている。「これからどうなるの?」

「わたしといっしょに生活する。きみ専用の部屋とバスルームを用意するよ。豪華とは言えないけど、やっていけるはずだ。家事を分担しよう」

「あたしはあんたの奴隷じゃない」

わたしは聞き流す。「生活費は払う。きみは勉強するか仕事を探す――どちらにせよ、下宿代は請求する」

「里親になったら、お金をもらえるんじゃないの」

「その金は貯めておくつもりだ。きみが十八歳になったら渡そう――何か盗んだり、嘘をついたり、逃げ出したりしなければ」

キャロラインがもどり、わたしたちのあいだに腰をおろす。

「こんな展開になるなんて思ってもみなかった」キャロラインが明るく言う。「もちろん、あれこれ比べられるほど多くの案件を扱ってきたわけじゃないけどね。前から考えてたの？」

「いや」

「なら、裁判官に送ったあの手紙は……」

「書いたのはおとといの晩だ」

イーヴィはブーツを脱いで、かかとをなでている。足首の生白い肌の下に青い静脈が流れている。話に割りこんでくる。

「犬、飼ってる？」

「いや」

「なんで飼わないの？」

「留守が多いから」

「あたしが面倒を見るよ」

「うちにずっと住みつづけるわけじゃないぞ」

「二百九十八日」すでに計算していたのか、イーヴィは言う。「犬を飼ったら、あたしが散歩させる」

「飼う気はない」

「もうえらそうにしてる」イーヴィは文句を言うが、却下されたことを気にしていない。こんなに生き生きとした姿を見るのははじめてだ。ふだんの会話ではわざとらしいほどに身構え、こちらが何を尋ねても、地雷のように避けるか、巧みにごまかすのに。わたしを信頼しつつあるのだろうか。あるいは、ただの思いこみか。

「いつ家を見にいくの」イーヴィは尋ねる。

「いまから行きましょうよ」キャロラインが提案する。

「準備が必要だ。片づけないと」

「地下牢を準備するんだ」イーヴィが言う。

「いい考えだ」

「家を見てから決めればいいって言ったじゃん」

「そうだな」

三人でランチを食べる。キャロラインはこの件のすべての山場を振り返りながら話しつづけ、直属の上司が見にきたらよかったのにと語る。

イーヴィは言外の何かを読みとろうとするかのように、わたしたちを観察している。ときおり鼻に皺を寄せたり、喉の奥を鳴らしたり、ソフトドリンクの瓶の頭に息を吹きかけて甲高い音を出したりする。

キャロラインが支払いに行く。

「気になっていることはないか」わたしは尋ねる。

イーヴィが身を寄せる。「キャロラインに気があるね」

「ないさ」

「あるよ。でも、彼女には婚約者がいる」

「なぜわかる?」

「ばかじゃないから」イーヴィは左手をあげて、薬指をすばやく動かす。「あんたも恋人がいると言ったよね」

「ああ」

「でも迷ってる」

「もうやめてくれ」

そっぽを向くわたしを見て、イーヴィが愉快そうな顔をする。

キャロラインが帰ってくる。「何をこそこそ話してるの？」

「なんでもない」思わずきつい口調になる。

「サイラスは女の弁護士が大好物なんだって」イーヴィが目を輝かせて言う。

キャロラインはどう見ても困った顔をして、だまりこむ。わたしの評価がさがっているにちがいない。イーヴィの口にナプキンを突っこんでやりたいが、これがいつもの手なのはわかっている。警告しただろうと言われたらそのとおりだ。

しばらくして歩道へ出る。コートのボタンを留めてマフラーを巻き、タクシーを呼ぶ。けさ家を出たとき、どんな状態だったかを思い返す。セントラルヒーティングがついたままであればいいが。

さっきタクシーに乗ってきた道を、こんどは逆に進み、大学とウラトン・パークの前を通り過ぎる。わが家のあるパークサイド・アベニューまで来たところで、ここがイーヴィの目にどう映っているのかを想像する。こんなところに住むなんて、金持ちの俗人だと思われているにちがいない。やがて車が停まる。この家は心に描いていたよりも古びていて、からみ合ったバラとクレマチスの蔓に覆われている。

「大きいのね」キャロラインが礼儀をわきまえて言う。

「いまにもつぶれそう」イーヴィが言う。

「もとは祖父母の家だったんだ」

「死んだの？」イーヴィは訊く。

「引退してウェイマスに移った」

「あたしもそっちに住みたいな」

ドアをあけると、郵便受けの下にある金網のバスケットから広告や不要の郵便物が落ちる。

「ここに住んでどれくらいになるの」キャロラインが尋ねる。あくまで礼を失しない。

「ちょっとだけ」

十七年だ。

一階をひととおり案内する——応接間、書斎、図書室、居間、キッチン。イーヴィが冷蔵庫をあける。

「空っぽだ」

「腹が減ったときに買いにいく」

「テイクアウトのやつを買うの？」

「いや、料理する」

イーヴィは話を変える。「パソコンはある？」

「ああ」

「WiFiは？」

「あたしのスマホは？」

「もちろん」

「自分の電話もないんだ」

「はあ？」

「電話がきらいなんだよ」

架空の生き物に出くわしたような顔で、イーヴィはキャロラインに視線を送る。わたしは説明を試みるが、産業革命に抵抗した残党のように響く。

「スマホがなくちゃ無理」イーヴィは頑として言い張る。

わたしは肯定も否定もしないが、イーヴィがここに住む気になりつつあることに少し安堵する。うまくいくかもしれない。

キャロラインが居間にもどっている。カーペットが擦り切れ、磨きこまれた古い家具が輝いている。キャロラインがカーテンを引きあけると、差しこむ光のなかでほこりが舞い散るのが見える。大きな暖炉のまわりには模様のついたタイルが敷いてあり、炉棚の上には家族の写真が並んでいる。大半は日常を切りとったスナップ写真で、撮られている者はカメラに気づいていない。わたしはヘンリー・オン・テムズで母といっしょにアヒルに餌をやったり、父の肩に乗ったり、ブライトン・ピアでアイスクリームを食べたりしている。

いちばん好きなのは、一九七五年の結婚式の日に両親が撮った白黒写真だ。父は二十九歳で、母は二十六歳。ふたりとも体をよじって笑っている。母はブーケを落とさないよう気をつけながら、ウェディングドレスの裾をつかんでいる。スタジオで撮影した正式な家族写真は、たったの一枚だ。妙に取り澄ましているうえに、不自然なほど明るい。あとから彩色したのだろうか。

イーヴィは写真に夢中になっているらしい。手にとり、写真のなかの顔を指でなぞっている。

「このふたりの名前は?」

わたしはそれぞれを指さす。「エイプリルとエズミ。双子なんだ。この写真を撮ったとき、七歳だった。わたしは九歳で、イライアスは十五歳だった」

「いま、ご家族はどこにいらっしゃるの」キャロラインが尋ねる。

「両親は死んだ」イーヴィが答える。兄を指さして言う。「こいつがやったんだって」

キャロラインが愕然とする。「妹さんたちは?」

「そのふたりも死んだ」わたしは答えて、イーヴィから写真を取りあげる。炉棚へもどし、さっきとまったく同じ角度で置く。

「妹の話は教えてくれなかった」むっとしたようにイーヴィが言う。

「尋ねなかったからさ」話題を変える。「上の階も案内しよう」

ふたりがついてくる。小声で何か言っている。イーヴィは靴ずれのせいで足をひきずっている。

「ここをきみの部屋にしよう」と言って、わたしはドアをあける。シングルベッド、衣装棚、クロゼット。窓があまりにも汚れているので、水中にいる気分だ。イーヴィは関心を示さない。

「もちろんこれから片づける」

「新しいベッドにして」

「これの何が不満なんだ」

「あんたのじいさんとばあさんがこのベッドでセックスしてたんでしょ」

「ここはわたしの寝室だった」

「うわっ！　なら、もっといや」

キャロラインがたしなめるが、イーヴィは気にも留めない。

「部屋を造り変えてもいい？」

「好きにしろよ」

イーヴィはゆっくりと一周する。頭のなかで寸法を測り、色の組み合わせを考えているようだ。

キャロラインはまだためらっている。「うまくいくと思う？」小さな声で訊いてくる。

「どうして？」

「里親になるためには、児童家庭福祉局からすべての面で承認を得ないといけない……この家もね」

「きれいにするよ。約束する」

イーヴィは部屋の外へ出て、階段の上へ目をやる。「あそこには何があるの？」

「閉めきっている」

「なんで？」

「もう部屋はじゅうぶんにあるからさ」

「見ていい？」

「だめだ！」

そんなつもりはなかったのに、とげとげしい声が出る。取り消したい。一瞬、イーヴィもたじろいだが、何も言わない。いまはしまっておいて、あとでいざこざを起こすときの武器にするのだろう。

「イーヴィをラングフォード・ホールに連れて帰らなきゃな」わたしは言う。

「わたしが送る」キャロラインが言う。

下へおりると、イーヴィは古いダッフルコートを着る。新品の服と合っていない。わたしと軽くハグを交わすキャロラインを見て、自分も同じようにすべきか迷っている。両腕をあげるものの、わたしにふれようとはしない。

「こんなに汚いぼろ屋ですまない」わたしは言う。

「少なくとも、悪霊に取り憑かれてはいないよ」イーヴィが答える。

「どうしてわかるんだ」

「ずっと取り憑かれた家ばっかに住んでたから」

23

その夜、あの夢を見る。

最初に死んだのは母だった。サフランで煮こんだチキンにエビを加え、豆を添えたパエリアを作っているところだった。母はいたずらっぽく笑い、どんなときでも弱い者の味方で、偽善をきらい、学校の先生とダーク・チョコレートとベイリーズ・アイリッシュ・クリームが大好きだった。甘くやさしい声、ピンクの口紅。ポプリの香りに包まれた肌着入れ。泡いっぱいの風呂に浸かるときにはバスルームに鍵をかけ、子供たちを立入禁止にした。茹でた米が余ると、ライスプディングを作ってくれた。ローストチキンが食卓にのぼると、みんなに順番で叉骨を引っ張らせて、運試しを楽しんだ。農場育ちで、トゥエルブという小型の馬を飼っていたのに（背丈が十二ハンド（一ハンドは約十センチ）だからついた名だ）、わたしたちが犬を飼うことを許してくれなかった。幼いころ、大好きなボクサー犬のシンバッドを失った悲しみが忘れられなかったからだ。

その夜、冷凍庫の前で母が冷凍豆のはいった袋を持って立っていたとき、ナイフが頸動脈を切り裂き、白いタイルに緑と赤が飛び散った。母はいつも、お菓子の屑や床の傷や落ちた豆が目立つと言って、白いタイルを選んだことに不平をこぼしていたのだった。おびただしい量の血が弧を描くように噴き出し、キッチンの長椅子、流し台、開いていた食器棚、積みあげられたタッパーウェアへと降り注いだ。母はいつもタッパーウェア入れを並べて整頓し、必要なときにすぐ蓋をあけられるようにしていた。血はキッチンの隅にあったキャットフードのボウルまで飛び散り、その後、猫のティブルズが舐めて床一面に足跡を残した。

つぎは父だ。父は不動産経営に従事していた――というと聞こえがいいが、要は貸しビルの管理をして、家賃を掻き集めていた。父はイライアスに車の運転を教え、パブの並ぶ道で駐車を練習させて、その合間に自分はいろいろな店ですばやく一杯飲んだ。〈ホワイト・ライオン〉、〈ラスト・ポスト〉、〈ビーキーパー〉、〈コマーシャル・イン〉。やがてソファーで眠りに落ち、テレビの〈バーナビー警部〉を子守唄にして、いびきをかいたものだ。

父は自分でもビールを醸造し、アナログレコードを収集していた。一度、ゴルフでホールインワンを決めたことがあり、ボールが果てしなく地面を転がった結果だったにもかかわらず、父はそのスコアカードを額に入れて飾っていた。「きらい」ということばを好まず、「好きじゃない」と言った。父が好きではないと言ったのは、差別主義者、リアリティ番組、マンチェスター・ユナイテッド、殻のむけないピスタチオ、そして、十五分も列に並んでいたのにカウンターに着いてはじめて何を注文しようかと悩む客だった。

父が殺されたのは、双子のひとりがDVDプレイヤーにディスクを詰まらせ、それを引き出そうと前にかがみこんでいたときだった。ナイフが背骨を断ち切り、腰から下を麻痺させた。父は仰向けになって転がり、どうにか手をあげて攻撃をかわそうとして、左手の指二本と右手の親指を失った。親指はテレビ台の下まで転がり、しばらく見つからなかった。

双子の妹たちは共用の寝室で宿題をしていたか、遊んでいたかだ。何かがおかしいと察知したらしく、ドアに鍵をかけ、ビーンバッグやぬいぐるみや揺り木馬で押さえていた。木馬はもともと祖母のもので、たてがみがすっかり抜け落ちていた。

エイプリルのほうが二十分早く生まれてきたので、いつも姉らしくふるまっていた。強情で気が強く、欲張りで目立つのを好み、カップケーキを作るのが得意で、ストロベリー味のリップグロスと蛇の形をしたゼリーがお気に入りだった。イングランドのすべての王と女王の名前をリズムよく暗唱することができた。

エズメには異なる部分もあったが、ほぼそっくりで、ふたりでひとりだった。同じ顔をした分身であり、多少のちがいはあっても対を成していた。エズメは内気でおとなしく、歌が好きで、踊り子の優美さがあり、小さな足の持ち主だった。平和を愛し、編み物が好きだった。日記帳に花をはさんで押し花を作り、出会った動物すべてに名前をつけていた。

イライアスは斧を使ってドアを破り、穴から手を入れて鍵をあけた。木馬やクッションを投げ飛ばした。先に標的になったのはエイプリルで、この双子はどんなときも生まれながらの序列に従った。エイプリルがイライアスに飛びかかると、ナイフがエイプリルの腹部に刺さり、背骨の横から刃先が突き出した。血がほとばしり、壁紙やベッドカバー、禿げた木馬やドールハウスに降りかかった。

エズメは這ってベッドの下へ逃れようとしたが、足首をつかんで引きずり出された。床には爪で引っ掻いた痕が残り、死体の下でカーペットがたるんでいた。わたしは何ひとつ思い起こしたくない。エズメが感じた恐怖も、空に響く金属音も、肉を裂く刃物も、すべてが終わったあとの静けさも。

だれもが尋ねる。そのとき、わたしはどこにいたのか？

サッカーの練習中か、その帰り道だった。その年にシャーウッド・ストライカーズに加入し、シーズンで二回目の訓練プログラムの途中だった。U-15に昇格したばかりで、少し気後れしていた。

練習場所のブレルズフォード・パークは家から三キロほど離れていたが、川沿いの小道を自転車で走ると十分で着いた。六時までに帰るよう母から言われていた。帰りに買い食いするなんて、「ちょっとでも考えちゃだめ」と注意されていた。もちろん、言いつけを守るつもりはなかった。学校で昼食を食べてから何も口にしていないうえに、〈ファット・フライヤー〉でフライドポテトをポンド売りしていたのだから（息のにおいで母に気づかれるので、ビネガーをかけるのはあきらめたが）。

ポテトを一気にむさぼり、まだ時間があったので、エイルサ・パイパーの家の前を通って帰ることにした。庭にいる姿か、ネットボールの練習から帰ってくるところをひと目見たいと思ったのだ。エイルサはわたしより一歳年上だった。以前、エイルサが通学路でなくしたブレスレットを探すのを手伝ったことがあった。それ以来、ことばを交わしはしなかったが、たまたま出くわしたときにはいつも微笑みかけてくれたので、こちらは偶然の機会をなるべく増やそうと試みていた。

遅くなってしまったので、立ち漕ぎをして懸命にペダルを踏み、六時までに家に着くよう急いで走った。家の裏からはいり、自転車を物置に立てかけた。それから泥だらけの靴を脱いで、裏口の階段へほうり投げた。ドアをあけると、居間のテレビから流れる笑い声が聞こえた。母を呼んだ。返事はなかった。

いつもここで夢から覚める――キッチンにはいり、ごみ箱の近くに血がべっとりついているのを目にした瞬間だ。叫んだり、ベッドから跳ね飛び起きたりするわけではないが、ときには頬が濡れ、声が嗄れている。そこで起きる。そこで走りだす。

ウラトン・パークの二周目に差しかかったとき、一台の車が横へやってきて、わたしの走る速度に合わせてスピードを落とす。タイヤが落ち葉やドングリや木の実のさやを踏みつぶす。窓ガラスがおりる。

「こんな歩道まで車で来るなんて」わたしが言う。

「容疑者を追ってきたのよ」レニーが答える。

「そいつは何をやらかしたんだ」

「スマホを持とうとしない」

「犯罪じゃないさ」

「そうだけど、こっちは不便でどうしようもない」

レニーはハンドルの上に一方の手首を載せる。襟を立てている。

わたしは足を速め、近道を通って運動場を抜ける。レニーは加速し、湖に着いたわたしに追いつく。ふたたび車を寄せてくる。

「問題が起こったの」

「これまでの経験によると、問題を訴えてくる人間は、いつだって自分の問題を押しつけようとするんだ」

「力を貸して」

疲れているらしい。わたしと同じく、レニーも不安な思いや葬り去れない過去のせいで、眠れない夜を過ごしているのだろうか。わたしは走るのをやめて近くのベンチまで歩き、そこでストレッチをはじめる。片脚ずつ伸ばし、額がむこうずねにふれるくらいまで体を曲げる。

レニーも車から出て、わたしの隣に腰かける。コートの胸もとを閉め、両手をポケットに入れると、鍵や小銭がぶつかる音がする。

「DNAテストの結果が返ってきた」レニーが言い、リップクリームを取り出して唇に塗る。

「それで？」

「ジョディの毛髪に付着してた精液は、クレイグ・ファーリーのものだった」

「なら問題ないじゃないか」

「太腿に残ってた精液も検査した。劣化していたから完全なデータは得られなかったけど、そっちはファーリーのものじゃないと判明した」

「ジョディはその夜、事件の前にだれかとセックスしたんだ」

「ファーリーに仲間がいた可能性もあるけど」

「共犯者がいたと思われる節はまったくないさ」

レニーは頬を掻き、白い肌に痕が残る。「ファーリーは森のなかでジョディを見つけたと言ってる。そのとき、すでに意識がなかったと」

「それを信じるのか」

「まさか。嘘ばかり口にしている男よ。でも、第二の精液には困ったものね。腕利きの弁護士なら、なぜ共犯者や恋人や新たな容疑者を確定しないのかと攻め立てる。だから、隙のないように立件しなくちゃいけない──ファーリーが罪を免れたりしないように」

「で、どうしてほしいと?」

「証拠を再検討してもらいたい」

「どういう権限で?」

「あなたは警察の協力者でしょ」

「パートタイムのね」

そんな区分などレニーは気に留めない。「ファーリーへの取り調べを見て、わたしたちが見落としていることがあれば指摘して」

「ファーリーと直接話せるのか」

「いいえ、弁護士はわたしたちがファーリーを脅して自白させたと主張してる」レニーはわたしの視線に気づく。「そんなことはしてない。手続きにのっとったやり方よ。しっかり休憩をとって、慎重に進めてる」そう語りながらも、言いわけがましく聞こえることに自分でも困惑しているらしい。

「ほかの容疑者を探していないのか」

「公式には、探してない」

「非公式には?」

「決めつけないようにつとめてる」

ずいぶん長くじっとしていたので、体が冷えてきている。レニーはわたしを家まで送ると申し出る。車に乗りこむと、レニーはヒーターの温度を思いきりあげ、巧みに公園を抜けて道路にもどる。

沈黙がひろがる。亀裂が生じたのではなく、履き古したスリッパや大好きなセーターのように、慣れ親しんだ心地よいものだ。レニーと出会ったのは、わたしが十三歳のときだった。レニーは二十代半ばぐらいだった。それからずっとレニーはわたしの最大の支援者であり、最も手きびしい批評家であり、養母であり、容赦のないおばであり、友人であり、共鳴する同志であり、いちばんの理解者である。

「このあいだ、ノッティンガムの児童家庭福祉局から興味深い電話がかかってきた」家の前に車を停め、レニーが口を開く。「どうやら、だれかが里親になるための身元保証人として、わたしを指定したみたい」

わたしはだまっている。

「なんでも、その人物は素行に問題のある妙齢の女性の里親になろうとしているようね。最初はいたずら電話なのかと思った。いまでもそうじゃないかと疑ってるけど」

「事実だ」わたしは車のドアをあけながら言う。

「とうてい手に負えない子だと聞いてるけど」

「いい子だよ」

「自分が何をしてるのかわかってるの？」

「そうありたいね」

「ティーンエイジャーの面倒を見るのは簡単なことじゃない」

「ここにも、かつてのティーンエイジャーがいる」

「あなたはその年ごろをすっ飛ばしたでしょ」レニーは軽口めかして言うが、たしかにそのとおりだ。

「で、どう答えたんだ」

「あなたは子猫をいじめたこともイルカに銃を向けたこともないと言っておいた」

「ありがとう」

レニーは前かがみになり、雑草が伸び放題の庭と汚れた窓をフロントガラス越しに見る。

「ここを売りなさい。あなたには広すぎる」

「これからもっとたくさんの子供を引きとるかもしれない」

冗談だとレニーもわかっている。体をひねり、後部座席からふくらんだ封筒を取り出す。中には六枚のDVDがはいっている。

「二十二時間に及ぶ取り調べの記録——ひととおり観終えたら、シャワーを浴びたくなるはずよ。ひょっとしたら、絞首刑用の縄がほしくなるかも」

24

「何をお探しでしょうか」〈ドリームタイム・ウェアハウス〉の販売員が訊いてくる。名前は〝ブラッド〟。頭の両横を刈りあげ、頭頂だけ残した髪を伸ばしたさまは、新しい菜園に雑草が生えてきたかのようだ。

「ベッドを探しているんだ」わたしは答える。

「でしたら、ここは理想の場所でございます」

一瞬、ブラッドがふざけているのかと思ったが、その笑顔はなんの屈託もない。ここはテニスコート何面ぶんもの広さがある巨大なショールームで、マットレスやベッド台、寝具や各種ベッドがずらりと並んでいる。

「どの程度の大きさのものをお探しですか」ブラッドが尋ねる。「シングル、スモールサイズのダブル、通常のダブル、キングサイズ、スーパーキングサイズがございますが」

「ええと……そうだな……たぶんシングルベッドだ」

「お客さまがお使いになるのですか」

「いや」

「お子さまですか」

「若い女性だ」

「いまあるベッドと交換なさる予定ですか」

「ああ」

「その女性のお部屋は小さいのでしょうか」

「前に住んでいた部屋よりは大きい」

「でしたら、もう少し大きいものを気に入られるかもしれません——ダブルはどうでしょう」

「そうだな」

ブラッドの髪に見入ってしまう。頭を動かすたびに、反対の方向になびくからだ。

「どういったタイプをお考えですか」ブラッドはまた尋ねる。「スプリングのないもの、羽目板式のもの、頭板と足板が曲がっているもの、キャスターつきのもの、柱のついたもの、天蓋のついたもの、フトン、木製、真鍮製、錬鉄製——」

「ただのベッドでいい。ごくふつうのやつ」

「それでは、マットレスとベッド台をセットにして――わたくしどもの〈眠りの国〉ブランドのものはいかがでしょうか。お安くなっております」

ブラッドはわたしを連れてショールームを突き進み、四台のベッドが並んでいるところで足を止める。

「これにしよう」わたしは指さして言う。

「すばらしい。では、つぎはマットレスを」

「マットレスもセットじゃないのか」

わたしがふざけているとでも言いたげに、ブラッドは笑う。「お客さまにお選びいただきます。オープンスプリング、ポケットスプリング、メモリーフォーム素材、ラテックス素材――」

「いちばん売れているのは何かな」

「ポケットスプリングのものが贅沢な寝心地です。たくさんの小さいばねが、繊維でできたポケットにひとつひとつ収納されています。つまり、それぞれのばねが別々に動いて体を支えてくれますから、寝返りを打っても、隣でおやすみのパートナーを起こすこともありません」

「じゃあ、それにしよう」

「柔らかめ、中ぐらい、硬めがございます」

もう勘弁してくれ！

「お試しいただければ、ちがいがおわかりになるかと」ブラッドはそう言って、マットレスを指さす。「靴は履いたままでけっこうです——マットレス・プロテクターを敷いてありますから」

言われるままに横になる。棺にはいった死体になった気分だ。ブラッドはなおも話しつづける。

「腰と肩と背中が支えられている感覚をご確認ください。特にパートナーさまとの体重差が大きい場合に快適です」

「パートナーじゃない」

「はい、わかりました。できれば、お相手の女性もごいっしょに見てくださるとよろしいのですが——ご自身で選んでいただけますから。わたくしどもには定休日はございませんので」

「金曜にならないと彼女を引き渡してもらえないんだ」

スイッチを切られた電灯のように、ブラッドの笑みがさっと消える。

「部屋を片づけないといけないから」失態を取り消すべく、わたしはつづける。「彼女はそこを出ていこうとしていて、いや、その、わたしといっしょに住むために来るんだが」

「承知しました」ブラッドはそう答えるものの、まったく承知しているように見えない。

「マットレスは中ぐらいにしよう。配達してもらえるのかい」

「まだお値段をご確認なさっていないかと」

「いくらするんだ」

「通常ならゆうに千ポンドを超えるところですが、六百九十九ポンドでご提供させていただきます」

わたしの顔に衝撃が走ったにちがいない。

「お客さま、大変お得なお買い物ですよ。みなさま、一日のうち数時間しかお使いにならないソファーにすら、それよりずっと多くの額でお買い求めになります。そう考えますと、ベッドで過ごす時間は大切な八時間ですから」

「わかった」

「マットレス・プロテクターはどうされますか」

「いや、けっこう」

「リンネルのシーツはご入り用ですよね。それに上掛けも」

ブラッドはショールームのまた別の区画へわたしを連れていき、さまざまな布地や糸の名前を並べ立てる。わたしは情報の渦に呑みこまれながらも、イーヴィが家に来るまでにどれくらいの生活必需品を用意しなくてはいけないのかと思いをはせる。バスルームに置く石鹸やシャワージェル。トイレットペーパー。生理用品はどうしたらいいのか。タンポンかナプキンが要るだろう。そんなものは買ったことがない。自分で持ってくるのだろうか。だれかに尋ねたほうがいい。キャロライン・フェアファクスだろうか。いや、きょうはもう一日ぶんの気まずさを味わったから、やめておこう。

途中、車を停めて持ち帰りの食事を買う。冷蔵庫には黴が生えた残り物しかない。イーヴィが来たら、きちんと料理しなくてはいけない。新たな責任を負うのは、わたしにとっても悪くない。買うべきもののリストを作り、体によいものを食べる。反吐が出るほど健康的だ。酒量も減り、家具の上に脚を投げ出したりせず、キッチンテーブルで足の爪を切ったりもしない。テレビのリモコンを共有し、イーヴィが好きな音楽を聞かされることになる。イーヴィがわたしの気に入りの椅子にすわりたがったら、どうすればいいのか。思慮が浅かったのかもしれない。とはいえ、わたしもまだ自分の流儀に固執する年齢ではない。いっしょに学びを得ればいい。

皿を洗ったあと、ビールをもうひと缶持って図書室へ行き、机の抽斗から便箋と万年筆を取り出す。最後に封書入りの手紙を書いたのはいつのことだっただろうか。はたしてこれがサシャ・ホープウェルのもとに届くかどうかはわからないが、書かないわけにはいかない。

サシャさま

ファーストネームで呼びかける失礼をお許しください。わたしはサイラスといいます。あなたにお会いしたことはありませんが、ご両親にこの手紙を託しました。あなたがいまこの手紙を読んでいらっしゃるとしたら、ご両親に感謝します。

訪問した折にご両親を脅かすようなことはしていないと信じています。そのような意図はまったくありませんでした。あなたが家を出て、つぎつぎ住みかを変えていらっしゃる理由について、ご両親は説明を試みてくださいました。すべての事情を理解できたわけではありませんが、おふたりの悲しみの深さと、あなたへの思いの痛切さはよくわかりました。

わたしはノッティンガムの臨床心理士です。数週間前、施設でひとりの少女に出会いました。裁判所の管理下にあるので、名前を明かすことはできませんが、六年前にロンドン北部である家の隠し部屋から発見された少女と言えば、おわかりになるでしょう。聡明な少女ですが、大きな問題をかかえています。あなたは彼女が信頼を寄せた数少ない人物のひとりのようなので、この手紙をお送りするしだいです。そのころのエンジェル・フェイスの話について、お聞かせいただけないでしょうか。彼女は家族がいると話していたのか。幼少期の記憶を口にすることはなかったか——場所や、好きなおもちゃや、兄弟姉妹などなどについて。

このような質問を何十度となくぶつけられたであろうことは承知していますが、いま振り返ることでむしろ記憶が鮮明になり、新たに何か思い出されるのではないでしょうか。

わたしは電話を持っていないので（事情は複雑です）、住所とポケットベルの番号をお知らせします。あなたがいまどこで何をしていらっしゃるかや、なぜ距離を置いていらっしゃるかを問い質す気はありません（ご自身が望まないかぎり）。

どうかご連絡ください。お願いします。けっして思慮を欠く対応はいたしません。

サイラス・ヘイヴン

25 エンジェル・フェイス

「いつここを出るの？」あたしの肩をつついて、ダヴィーナが訊く。

「金曜」

「わくわくする？」

自分でもよくわからない。

テーブルに朝食を並べる――あたしがやる仕事のひとつだ。ボウルやスプーンやシリアルの箱を出したり、ソースの瓶に中身をつぎ足したり、塩と胡椒の容器をチェックしたり。

食堂はフライドポテトと茹でたカリフラワーのにおいがする。それに、どういうわけか、床はタイルなのに、カーペット洗浄剤のにおいも。

「どうしてあの人なの？」ダヴィーナが尋ねる。

「あの人って？」

「ドクター・ヘイヴン。これまでどの里親の家からも逃げ出したのに、あの人が現れたとたん、いいと言ったから」

「なんかちがうんだ」

「わかってくれてる」そう言ったけど、なんだかあいまいだ。自分でも理由がわからない。大人になったからかもしれない。ここに飽きたからかもしれない。チャンスがあったらすぐに逃げ出すかもしれない。

「あなたがいなくなると、さびしくなる」ダヴィーナは言う。

「嘘ばっか」

「そんなこと言っちゃだめ」

「なんで？」

「嘘をつくのは悪いことじゃないの。特に相手を気づかうときにはね」

言いたいことはわかるけど、体に染みついたこの習慣を変える必要がある？

キッチンでの仕事はきらいじゃない。不安になるといつも強迫性障害（OCD）の発作が起こる——ガスリーに言わせればCDOで、同じ意味だけどアルファベット順に並べたくてたまらないらしい。あたしの場合は、汚いものや散らかってるものをきれいに並べたくてたまらない。前に食料庫に忍びこんだことがあるんだけど、食べ物を盗みたかったんじゃなく、缶詰の消費期限を確認して、ラベルを全部前向きにして並べたかったからだ。だれにも見つからなかった。何週間かして、もう一度忍びこんだ。はいったら、まだきれいに並んでたから、こんどはぐちゃぐちゃにした。つぎの日の夜に直すつもりだったのに、忍びこもうとしたところで捕まった。うまくいかないときはいかない。

あたしのこだわりなんて、ダヴィーナは気にしない。ダヴィーナには小さい息子がいる。名前はオスカー。四歳。しょっちゅうその子の話をして、スマホにも写真がある。ダヴィーナが仕事のときは、その子のパパが面倒を見てる。とんでもなく貧しくはないんだろうけど、たくさんお金があるわけでもない。歯並びをきれいにしたらいいのにって、あたしはいつもダヴィーナに言うけど、スーパーモデルをめざせるほどお金持ちじゃないって答える。冗談のつもりなんだ。

ダヴィーナのパートナーはスノードンといって、たまにラングフォード・ホールの雑用をやってくれる。手先が器用で、特に車の修理が得意だから、それで生活費を稼いでる――車を直して売りに出すってわけ。仕事を頼まれると、かならず四時間で終わらせると約束し、一日ぶんの代金を手に入れる。

テリー・ボーランドも車が好きだった。リムジンに乗ってたこともある――やたらと縦に長い、派手っぽくて白い車だ。はじめのうちは助手席に乗せてくれたけど、おんぼろのフォード・エスコートに乗るようになってからは、出かけるときはトランクに隠れなきゃいけなかった。

テリーは体を縮めるようにあたしに言い、ファスナーのついた大きな袋に入れて、その袋を肩からさげて車まで運んだ。トランクが閉まったら、ファスナーをあけていいことになってた。あたしは替えのタイヤの上で膝をかかえてまるくなり、ディーゼルエンジンの排気ガスとオイルのにおいを嗅ぎながら、顔の何センチか下を走る道路の音を聞いた。

夜になると、テリーはあたしを連れて外へ出ることもあった。ずっと車を走らせて、マクドナルドやケンタッキー・フライドチキンがあるサービスエリアまで行き、いちばん暗い隅っこに車を停めて、トランクからあたしを出してくれた。

「おれたちの関係を忘れるなよ」テリーは言った。「おまえはおれの娘だ。祖父母に会いにリヴァプールへ向かってる。名前はセアラ。おれはピーター」

「苗字は？」

「ジョーンズ」

「学校はどこ？」

「そんなのはどうでもいい。おれから離れるな。だれとも目を合わすな。話をするんじゃないぞ」

あたしはうなずき、深呼吸して新鮮な空気を味わった。ある夜、空を見あげても星がひとつも見えなかった。全部空から流れ落ちて、ほかの人たちが願い事をしたのかと思ったけど、ここはロンドンだから、まわりの明かりのせいで星が見えないんだとテリーが言った。

テリーはあたしの手を引いて、まぶしく光るフードコートへはいった。店の棚にはぴかぴかの雑誌が並び、ほとんどの表紙にキャサリン・ミドルトンの顔が写ってた。ちょうどウィリアム王子と結婚して、子供がいつ生まれるのか、みんなが注目してたころだ。結婚式のテレビ中継をやってて、テリーは観てもかまわないと言った。「ほかにないから」って。キャサリンが「誓います」って答えたとき、カメラがもっと寄って顔をアップにしてほしかった。そうすれば、キャサリンが嘘をついてるとか、「わたし、何やってるの?」って思ってるとか、きっとわかったのに。

たいてい、あたしはチーズバーガーを注文した。そのころは肉を食べてて、舌が脂に覆われる感じが好きだった。フライドポテトを食べたり、チョコレートシェイクを飲んだりもした。ある夜、車で帰る途中に吐いてしまい、マットと袋を洗う羽目になったテリーが怒った。あたしのせいじゃない。排気ガスのせいだ。

それからしばらく、外へ連れていってくれなかった。つぎに出かけるときには、眠り薬を飲まされた。いまも心細くて落ち着かないときには、あのファスナーつきの袋を思い出す。なんとなく柔らかくて、ひっそりと安全な感じがしたから。

ダヴィーナが肩にふれる。あたしは体を離す。

「何を考えてるの？」ダヴィーナは笑って尋ねる。

「ただじゃ教えてあげない」

26

ディスクをDVDプレイヤーに入れて、最初の数分を早送りすると、クレイグ・ファーリーが画面に現れる。ウェストブリッジフォード警察署の取調室で、見慣れたテーブルに向かってすわっている。不安げではあるが従順で、背筋を伸ばして坐し、ときおり缶入りのソフトドリンクを口にする。

ファーリーの正面にはふたりの刑事が腰かけている——プライムタイムとエドガーだ。エドガーはファーリーと年齢が近いので、すぐにサッカーという共通の話題を見つけ、好きな選手のことや週末のプレミアリーグの結果について話しはじめる。やがてパブの話題になり、「女の子を引っかける」にはどこが最適かと語り合う。

ジョディ・シーアンに関する質問ではないので、ファーリーは気をゆるめていく。聖書より古くからある金髪女にまつわるジョークを披露する始末だ。刑事ふたりは笑い、似たもの同士だとファーリーに思わせる。

「病院では、たくさんの女と知り合えるんだろ」エドガーが言う。「看護師だらけだし」

「ああ、制服を着た女ほどそそられるものはないよな」プライムタイムが調子を合わせる。

ファーリーはにやりと笑い、熱心にうなずく。「中には悪くない女もいる——若いのにかぎるけどな。ばばあはひねくれてて、だめだ」

「ああ、そりゃ若くなきゃ」プライムタイムが返す。「いい思いもたっぷり味わったんだろ」

「少しな」

「少しだけか？」

「お高くとまった女もいるからな。見た目はきれいでも中身はひどいもんさ」

「どういうタイプの女が好みなんだ、クレイグ」秘密を分かち合うかのように、エドガーが声をひそめて尋ねる。

「でぶは勘弁だ」ファーリーが答える。「ちょっと肉がついてるくらいならいい。あとは、べらべらしゃべったり、下品なのもうんざりする」

「どうやって女と出会うんだ」エドガーが訊く。

ファーリーは勢いづく。「クランシーに教えこんである」

「クランシー？」

「おれの犬だ。仕込んだのさ。散歩してるとき、クランシーが女に近づく。女はクランシーをなでる。そうやって会話がはじまって、あとは……」

「あとは？」

「わかるだろ」

「そうやってジョディに近づいたのか」

ファーリーは口ごもる。

「言ってみろよ、クレイグ。ジョディのことは前から知ってたんだろ。みんなあの子のことを知ってるさ。スケートのチャンピオンだったからな」

無言のままだ。

「どこであの子に目をつけたんだ。駅で待ってるところを見かけたのか。学校へ行く途中？　公園？」

「会ったことなんてない」

「おまえの精液があの子の髪から見つかった」

ファーリーは首を左右に振る。言われていることを耳に入れまいとしているようだ。

「DNAについて知ってるだろう、クレイグ。おまえのやったことは、自分の名前と住所を付箋に書いて、あの子の額に貼りつけたのと同じだ」

「殺してなんかいない」プライムタイムが言う。

「事故だったのかもな」エドガーが鼻で笑う。

「ジョディが転んだのかもしれない。それで頭を打った。事故だったのか？」プライムタイムが尋ねる。

「おれじゃない」

「じゃあ、だれなんだ」

「知るもんか」

「それとも、仲間と協力してジョディを襲い、おまえが貧乏くじを引かされたってことか」プライムタイムが言う。

「ちがう」

「おまえの仲間を捕まえるのも時間の問題なんだよ、クレイグ。賭けてもいいが、そいつはスーザン・ボイル並みに高らかに歌いあげるだろうよ。ジョディのあとをつけ、叩きのめして気を失わせて服を脱がせたのは、全部おまえが計画したことだって」

ファーリーはどう答えるべきかわからずにいる。机から体を離して椅子の背もたれに寄りかかり、だまりこんで息をひそめる。

エドガーとプライムタイムは追及をやめ、ファーリーがふたたび口を開くまで静かに待つ。

わたしは取り調べの残りの部分も観つづける。コーヒーを淹れて眠気を覚ます。何時間か経つと、別の男がテーブルにつく。はじめのうち、ファーリーは話をもどして、自分の返答を微妙に変えていき、細部を足したり、都合の悪そうなことを省いたりする。だが、しだいに疲れてきて、態度が変わっていく。声は硬くなり、嘘を見透かされると血の気の失せた唇が引き結ばれる。ついには尋問者の機嫌をとるのをやめる。ふてくされた態度で、不当な逮捕だの卑怯な質問だのとこぼしはじめる。

取り調べ組は順序よく交替してファーリーの主張を振り返り、矛盾を突いていく。ふたりで組になって尋問するが、離れてすわることが多いので、ファーリーはテニスの試合を観るときのように右へ左へ首を動かすことになる。質問が立てつづけに浴びせられ、ファーリーは考える時間を与えられない。攻撃の重みで、ファーリーは体を曲げて椅子から崩れ落ちんばかりになり、しだいに茫然としていく。

「どうしたの、クレイグ。わたしたちをからかってる?」レニーが言う。

「そんなことはしてない」

「いえ、嘘よ。あなたの仲間はきっとこう証言する。あなたはジョディのあとをつけ、意識不明にして、ジーンズを脱がせて……」

「全部おれがやったよ」

「なんて言った？」

「おれがあの子のジーンズを脱がした」

刑事たちは視線を交わし、興奮を表に出すまいとする。

レニーが確認する。「じゃあ、小道でジョディを尾けたことを認める？」

「いや」

「最初にジョディを見かけたのはどこ？」

「池のそば」

「どんな様子だった？」

「池の横にあるグラウンドで倒れてた。酔っぱらってるんだろうと思った」

「あなたがいた場所は？」

「小道だよ」

「それからどうした？」

「あの子が無事なのか、たしかめたかった」

「話しかけた？」

「いや」

「どうして？」

「あの子は咳きこんでたんだ。おれのことがこわかったみたいで、逃げようとした」

「だからあとを追った」

「ちがう。あの子が心配だったんだよ」

「コンドームを持ってきたのはだれ？」

「なんだって？」

「コンドームを使ったでしょう」

「そんなことはしてない。助けようとしたんだ」

「レイプすることで？」

「体をあたためてやろうとしただけだ」

「彼女の頭髪からあなたの精液が検出された」

ファーリーの顔がゆがみ、苦しげな表情のまま固まる。

「話しなさい、クレイグ……記録するから」

ファーリーは何やらつぶやく。

「大きな声で」

「そんなつもりじゃ……」

「どんなつもり？」

「いたずらするつもりはなかったんだ」ファーリーはかすれた声で言う。「助けたかったんだ……おれはただ……あの子がグラウンドで倒れてたから……」

「ジーンズを脱がせた？」

「できることなら……そんなつもりじゃ……」

声が途切れて、嗚咽に変わる。椅子が揺れ、鼻水が泡となってあふれる。

ファーリーが屈するのを見守るうちに、ひとつの像が脳裏で形作られる。いや、像ではなく――重みだ。いや、重みではなく――ぼんやりした細部から浮かびあがる影だ。あたかもクレイグ・ファーリーがかたわらにおり立ったかのように、わたしはファーリーの目で世界を見て、ファーリーの足で地面を感じる。孤独で無力な若い男。学校ではのろまな子供と見なされ、チームを作るときには最後まで選ばれず、笑い者にされ、からかわれていることにも愚鈍さゆえに気づかない。社会に適応できず、不器用で、うまく話せないが、仲間に入れてもらいたいと強く願っている。

この種の若い男のなかには、年齢とともに自信をつける者、社会に適応できない仲間同士でつるむ者、やがてなんとか折り合いをつけて生きる者もいる。鬱に悩まされる者や、自尊心の乏しさを克服しようとしてアルコールや薬物に依存する者も少しいる。完璧さを求める病的なまでの欲求ゆえに、体重を落としてトレーニングに励み、弱くて惨めだった過去の自分を憎む者もいる。疎外と孤立がつづくと、怒りを募らせ、自分の失敗を他人のせいにするものだ。恋人がいないのも、まともな仕事に就けないのも、いい車に乗れないのも、まだ実家で両親と住んでいるのも、だれが悪いわけでもない。

そんなふうには感じるが、殺人者だとは思えない。ジョディは何者かから逃げてはいたが、身を守ろうとして争った傷はない。ファーリーがジーンズを脱がしたときにはすでに意識を失っていた可能性が高い一方、性交の際には意識があったはずだ。強引に挿入された形跡はない。

出来事の起こった順序が鍵だが、事実を時系列どおりに並べるのがうまくいかない。もしかしたら……。ひとつの考えが頭に浮かぶが、あまりに荒唐無稽で切り捨てたくなる。レニーがどう言うかも予想できる。笑い飛ばし、耳を傾けようとしないだろう。それでも、とにかく話してみよう。

わたしはレニーの番号を押す。返答がなく、留守番電話へ飛ぶ。

案内音が流れる。

「話があるんだ」

27

レニー・パーヴェルが坂をのぼっている。目的地はない。髪の束が額にくっつき、汗が鼻の横を流れてトレッドミルへ落ちる。そこらじゅうに鏡があり、さまざまな角度からレニーの背中を映し出す。ジムというより、ダンススタジオのような空間だ。

大きめのTシャツとシルバーのボクサートランクスを身につけたレニーは、有名ブランドのロゴ入りのシャツにライクラのレギンスという姿の常連たちに混じるつもりはないらしい。着るものに興味がないのか、他人からどう見られるかを気にしていないのだろう。その自信がうらやましい。さっきからわたしは、しじゅう注目されている。指をさされ、話の種になっている。

「本気なの？」レニーは信じられないという顔でわたしを見る。

「どれもこれもファーリーを指しているのはわかっている。でも、そのときすでにジョディが死んでいたか、死にかけていたとしたら？　ファーリーが出くわしたとき、ジョディはほとんど意識を失っていたんじゃないかな」

レニーの顔が石と化す。「いえ、いえ、ありえない」

「よく聞いてもらいたい。こういった事件では、屈服させて支配した痕跡が見られるのがふつうだ。犯人が性的に興奮する。女のあとを尾け、誘拐し、恐怖を植えつける。レイプする。口封じをする。この事件ではその順序がおかしいんだ」

レニーは停止ボタンを押してトレッドミルの斜面から跳びおり、早足で歩き去ろうとする。わたしは急いでついていく。

「たしかに、こんなことは——」

「こじつけだって？　ばかばかしいって？」

「珍しいよ」

「性犯罪者が、死んだ女の子や死にかけてる女の子にたまたま出くわすなんてことがどのくらいあると思う？」レニーが訊く。「署長が聞いたら、笑ってわたしを叩き出すはずよ」

「ヴァイオレット・ジェソップの話をすればいい」

「だれ？」

「一九一一年、ヴァイオレット・ジェソップが客船〈オリンピック〉で客室係として働いていたとき、船はソレント海峡でイギリスの軍艦と衝突して、危うく沈みかけた。ヴァイオレットは生き延びた。その一年後、〈タイタニック〉で働いていると、大西洋で沈没した。彼女はまた生き延びた」

「何が言いたいの？」

「四年後、ヴァイオレットは病院船〈ブリタニック〉に看護師として乗りこんだが、船はドイツ軍の機雷に衝突して沈みはじめた。彼女は海に飛びこんだあと、ボートの竜骨に巻きこまれ、引きあげられたときには頭蓋骨が折れていたが、またしても生き延びたんだ」

「いったいなんの話？」

「どんな不思議なことも起こりうるということだ。大いなる偶然。クレイグ・ファーリーが見つけたとき、ジョディはすでに死んでいたか虫の息だったんだろう。ほかのだれかが頭蓋骨を砕き、橋から投げ落としたんじゃないだろうか」

レニーはあきれたように低くうなる。「話にならない。それどころか、物騒な考えね。ファーリーはジョディの頭を殴打してレイプし、そのまま死なせた。なんと言っても、本人が自白したのよ」

レニーは背を向けると、エクササイズバイクに乗ってペダルを漕ぎだし、ボタンを押して負荷レベルを調節する。動きだそうとするレニーをとどめようと、わたしはハンドルをつかむ。事実を並べ替えて、自分の説をぶつける。

「ジョディは後ろから殴られた勢いで池に落ちたか、意図的に突き落とされた。冷たい水に浸かった衝撃で意識がもどり、どうにか自力で岸にあがった。途方に暮れていた。咳。寒さ。体の凍え。小道で倒れ、肺から水を出すこともできない。呼吸器がやられていた。死因はそれか、氷点下の気温のせいで命を落としたかだ」

レニーはそっぽを向いているが、聞いているのがわかる。

「ファーリーはポルノグラフィーと若い女に目がない。局部を露出した前科もある。そんな人物が、意識のない少女に遭遇したらどうするだろうか」

「まともな人間なら助けを呼ぶ」

「ファーリーはまともじゃない。やつはジョディを裸にして、その前で自慰をしたんだ。それから自分が何をしたかに気づき、パニックになった。隠蔽しようとした。ジョディを木の枝で覆った。家に帰り、ジョディの服を捨てた」

レニーはサドルから腰をあげ、力を入れてペダルを漕いでいる。首からタオルが垂れさがっている。

「だれかがコンドームを使ってジョディと性交した」わたしは言う。

「ファーリーよ」

「なぜレイプ犯がコンドームを使い、そのあと自慰をして女の髪に精液をかけるんだ」

「共犯者がいた」

「ファーリーには仲間なんかいない」

レニーは唇をきびしく引き結ぶ。「同じ夜にふたりの人間が別々に穢したなんて、本気で考えてるの？　ひとりが襲いかかって橋から投げ落とし、もうひとりは偶然通りかかって、〝こりゃラッキーだ――意識のない少女が転がってるから、マスをかいてやろう〟とつぶやいたってわけ？」

「証拠に合わせて事実を再構成すると、そういうことになる」

「あなたはわたしの捜査に爆弾を投げこんでるだけ」レニーは声を落とし、冷ややかにささやく。「もうやめて、サイラス。いいかげんにして」

「証拠を見直してくれと言ってきたのは、そっちじゃないか」

「じゃあ、もう終わりにして、全部忘れなさい。書き残してもだめ。こっちには自白がある。ファーリーのDNAもある。犯人にまちがいない」

「ついさっき、共犯者がいるかもしれないと言ったじゃないか」

「そんな者はいない」

「陪審の判断にまかせよう」

レニーはバイクからおりてタオルで顔をぬぐい、脱衣室へ歩いていく。わたしは追って中にはいる。数人の女性が着替え中で、さまざまな恰好をしている。ひとりが驚いて叫び声をあげ、裸体にタオルを巻きつける。

「逮捕されたいの？」レニーが尋ねる。

「ジョディのロッカーで見つかった金をどう説明するんだ。あの夜、だれが彼女を車に乗せたのかもわかっていない。彼女がどうやってあの小道まで来たのかも不明だ」

レニーはジム用のバッグに荷物を詰めている。

「タズミン・ウィテカーと話したい」わたしは言う。

「もう事情聴取は終わった」

「警察はそうでも、こっちはまだ話を聞いていないさ。親友というのはお互いの打ち明け話をするものだ……大人には隠しておきたい秘密までね。だれもが口をそろえて、ジョディはダンスと音楽とアイススケートが大好きなごくふつうの少女だったと言うけれど、それだけじゃないはずだ」

「どうしてわかる？」

「そういうものだから」

28

「お腹が空いたか？」わたしは尋ねる。

イーヴィはヘッと鼻を鳴らす。

「これから夕食を作る」

「へえ」

わたしは冷蔵庫から食材を取り出す。ソースパンに水を入れる。

「ベジタリアンだったな」

「だから？」

「食べ物について、ほかにも希望があるのか」

イーヴィはまた肩をすくめる。うちに来てからずっとこの調子だ。肩をすくめたり顔をしかめたりの動作やごく短い返答をひととおり体験させてもらった。

もう一度尋ねる。「どういうものが食べたい？」

「食べ物なんか、どうでもいい」

「ラングフォード・ホールの食事はどうだった」

「クソまず」

イーヴィはインドのヨガ行者のように、スツールにあぐらをかいて坐している。わたしはマッチをすってバーナーに火をつけ、湯を沸かす。

「うちにいるあいだに料理ができるようにならなきゃな」

「なんで？」

「ここを出たら、自活することになる」

「自分のことぐらい自分でできる」

また長い沈黙が流れる。わたしは玉ねぎとにんにくをみじん切りにし、底の厚いソースパンで炒める。

「いっしょに生活するんだから、お互いをよく知らないといけないな。簡単なことからはじめよう。わたしが好きな歌は、ボブ・ディランの〈シングス・ハヴ・チェンジド〉だ。きみは？」

「〈グーフィーズ・コンサーン〉」

「だれの歌だ」

「バットホール・サーファーズ」

「実在するバンドなのか」

「うん」

イーヴィが真剣なのかどうか、判断しかねる。

「好きな色は群青」わたしはつづける。「きみは?」

「黒」

「厳密に言えば、黒は色じゃないな」

「うるさい」

「好きな映画は〈ショーシャンクの空に〉」

「観たことある」イーヴィは言う。

「おもしろかった?」

「ううん」

「なぜ?」

「全部答が出るんだもん。わからないことがなんにも残らない。あいまいなものが消える。幸せなやつらがビーチで抱き合って終わるんだよ。ばっかみたい。そんなことが起こるわけない」

「ハッピーエンドを信じられないってことか」

「最後は全部アンハッピーだよ」

「なぜ?」

「だってみんな死ぬし」

「じゃあ、きみは宿命論者か」

「何、それ」

「未来を変えることなんかできない。すべては宿命として定められているから、何をしても意味がない。そう信じている人のことだ」

「ちがう。だれだっていつか死ぬって言ってるだけ」

それもそうだ。

皮むきトマトの瓶をあけてソースパンに入れてから、木のスプーンでトマトをつぶし、塩と胡椒を振って、生のバジルの葉をちぎってかける。湯が沸く。スパゲッティをほうりこみ、冷蔵庫から取り出したひとかけらのパルメザンチーズを皿に載せて、チーズおろし器と並べる。

「きみが好きな映画は?」

「〈トゥルー・ロマンス〉」

「タランティーノが好きなのか」

「だれ？」

「クエンティン・タランティーノ。〈トゥルー・ロマンス〉の脚本を書いた」

イーヴィはうつろな目でこちらを見る。

わたしは話題を変える。「好きな食べ物は？」

「マルゲリータ・ピザ」

「憧れの旅行先は？」

「旅行なんて行ったことない」

「でも、行ってみたいところはあるだろう。ギリシャ？　タヒチ？　アメリカ？」

イーヴィの顔が仮面になる。

「いちばん古い記憶は何かな。わたしの場合は、母親とアヒルに餌をやっていたときに、とてつもなく大きな白鳥に追いかけられた思い出だ。ヘンリー・オン・テムズでだよ。ボート・レースがある場所だ」

「ボートを漕いで競うの？」

「そこらのボートよりはちょっとしゃれたボートだけどね」

イーヴィはわたしの背後へ視線を送る。「昔、父さんにボートに乗せてもらった」共通の話題を見つけたかのように話しはじめる。「ボートを借りて、埠頭から湾を抜けて広い海に出たんだ。風が強くなって、波も高くなった。父さんはこわがってたけど、気づかれたくないみたいだった」

イーヴィは生き生きとして、波や風がボートに襲いかかるさまを語る。

「それでどうなったんだ」

「漁船に助けられて、埠頭まで引っ張ってもらった」

「ボートにはよく乗ったのか」

「覚えてない」

一歩前進だ。そう思いながら、スパゲッティをざるに入れて水を切り、それぞれのボウルに分ける。スプーンでソースをかける。そのとき、冷蔵庫の上の絵はがきが目に留まる。そこでは、手漕ぎボートが風にあおられて横に傾き、水が舳先に打ち寄せている。

「それはほんとうの話なのか？」

イーヴィは答えない。

「わたしには嘘をつかないでくれ」

「質問攻めにするのはやめて」

ふたりでだまって食べる。わたしがパルメザンチーズをおろしてパスタにかけるのを、イーヴィが見つめる。チーズをイーヴィにまわす。

イーヴィはにおいを嗅ぐ。「ゲロみたい」

「くさいけど味はいいぞ」

イーヴィはほんの少しソースの上にかける。さらに見ていると、フォークをとり、パスタをからめて口に持っていく。目を閉じ、口を動かして小さくうなる。

「おいしいか」

イーヴィは返事もせず、せっせと口に運ぶ。片方の腕をテーブルの上に置き、刑務所の食堂にいる囚人のように自分の食べ物を守っている。

「これから朝のランニングに出かける。いっしょに来ないか」

「やだ。運動なんて最悪」

「仕事を探すのもいいな。履歴書を書くのを手伝うよ」

「履歴書に書くことなんてある？」

たしかにそうだ。

「学校にもどる気はないか」

「遅すぎるよ――授業なんてほとんど受けてないし」

「本を読むのは？」

「だいじょうぶ。毎日新しいことばを覚えてるんだ。きょうの単語は〝偏屈者(カーマジョン)〟。ひねくれたやつのことだよ」

「そのとおりだ」

イーヴィは得意げに微笑み、話題を変える。

「スマホを持っててもいいって言ったよね」

「そんなことは言ってない」

「なんできらいなの？」

「別にきらっているわけじゃない。持たないことにしているだけだ。顔を見て話をしたいからね。臨床心理士としての自分の仕事は、相手の話に耳を傾けて人物像を知ることだ。メッセージやツイートを読んでも、うまくはいかない」

「たいしてむずかしくないと思うけど」イーヴィは言う。

「ポケットベルがある。連絡をもらうと、こちらから電話をかける」

「電話する相手を選ぶんだ」

「そういう理由じゃない」

イーヴィはわたしの顔をまじまじと見つめ、嘘を探すが、見あたらない。

イーヴィは料理をきれいにたいらげ、立ちあがって去ろうとする。わたしは片づけを手伝うように言う。イーヴィはキッチンを見まわす。「食器洗い機はどこ？」

「そんなものはない」

「どうやって洗うの？」

「昔ながらのやり方さ」そう言って、洗剤とゴム手袋、食器洗い用のスポンジを取り出す。

イーヴィは蛇口をひねり、流れる水に洗剤をぶちこむ。

「グラスを先に洗うんだぞ」

そのことばを無視して、イーヴィは皿をつかむが、皿は指のあいだから滑り落ちる。空中でつかもうとするが、またもすり抜けてタイルの床に落ち、粉々に砕けた破片が四方八方に飛び散る。まるでわたしのせいであるかのように、イーヴィがにらみつける。そのとき、それまでとは異なる感情が浮かんでいることに気づく。絶望。喪失。

「ただの皿だよ」わたしはそう言って、箒とちりとりを取ってくる。「何も問題ない」

イーヴィは顔をそむけ、気弱さのかけらも見せまいとする。やがてこちらに向きなおり、新たな言いがかりをつけてくる。

「じろじろ見ないで」

「なんだって？」

「ずうっとあたしを観察してる。あんたもこれまでのやつらと同じ――精神科医だとかセラピストだとかソーシャルワーカーだとかとね。あたしの頭に手を突っこみ、隙間から指を入れてこじあけて、なんでこんなふうになったのか調べてやろうと思ってる」

「ちがうよ」

イーヴィは鼻を鳴らす。嘘を見抜いたのだ。

「なんでいちいち何があったのか思い出したり、何を感じたのか振り返ったりしなくちゃいけないの？　そんなの必要ないと思わない？　あたし、修理してもらわなくたっていい。ぶっ壊れてなんかいないんだから」

29 エンジェル・フェイス

この古い家があたしに語りかけてくる。きしんだり揺れたりするたびに、サイラスが廊下に立ってるような気がする。息をひそめてたサイラスがそっとノックしてドアをあけ、明かりが部屋に差しこんで床を照らすんじゃないかと。

あたしはベッドから出て、衣装棚に肩をつけ、むき出しの床板の上を押していって、ドアにしっかり固定する。

ベッドにもどり、枕の下に手を入れて、さっき皿を洗ったときに持ってきたナイフを探す。ラングフォード・ホールでは、食事が終わるたびに全部の食器を——じゃがいも用のピーラーまでも——数えてたけど、サイラスは調べようとしなかった。

目を閉じても眠れない。こんなところに慣れてない。何年ものあいだ、寝室のドアには鍵がかけられ、部屋の明かりを暗くさせられた。起きてるときは監視カメラで撮られ、冷暖房は建物全体で管理されてた。排水溝をふさごうとして、シャワーの水を止められたこともある。毎朝七時四十五分になると、ブザーを鳴らして部屋を出てもいいかと尋ねた。たいがいすぐに鍵をあけてもらえたけど、たまに緊急事態が発生すると、それが片づくまで部屋に閉じこめられた。

サイラスはどの部屋にも鍵をかけないし、部屋の電気を消せとも言わない。あたしは捕らわれた囚人ではなく、こっそりキッチンにおりて、つまみ食いすることだってできる。外へ出て街灯の下で踊っても、だれも止めたりはしない。そう、だから眠れないんだ――いろいろできるから。

もう一度ベッドから出て、ビー玉と、色ガラスのかけらと、母さんのだったボタンをバッグから取り出す。それから、お金がはいった封筒を手にとる。ベッドの上掛けを伸ばして、その上で札を数え、十、二十、五十の札に分けて積み重ねる。合計で二千五百八十ポンド。部屋の隅の古い肘掛け椅子に目をやる。花柄のカバーは色褪せ、数えきれないほどの尻に敷かれてきたせいで擦り切れてる。あたしは椅子を横に倒して、留め金や縫い目をじっくり調べ、ナイフをつかんで前後に刃を動かし、慎重に縫い目をほどく。じゅうぶんな大きさの穴があくと、そこに現金を隠す。終わったら、椅子を隅にもどして、ベッドにはいる。じっと横になり、ゆっくり息をする。

すると、何かが聞こえてくる――金属と金属がぶつかる音と、罠にかかった動物が喉から絞り出すようなうめき声だ。

あたしは部屋を歩き、衣装棚にもたれてドアに耳を押しつける。

ガチャン！　ガチャン！　ガチャン！

足もとから響く。下の階。地下室だ。たしかめたい。ベッドにもどって枕に頭を埋め、音をふさぎたい。あたしは衣装棚を押しのけて廊下に出てから、ナイフを握りしめる。一瞬立ち止まり、耳を澄ます。また聞こえる――苦しげな声と、金属がぶつかり合う音。ゆっくりと階段をおりて音のするほうへ向かい、指で壁をたどりながら前へ進む。床板は地雷原みたいで、あたしがいるのがすぐにばれそうだ。

明かりが漏れてる部屋がある。忍び足で近づいてドアの隙間からのぞきこみ、急にあとずさりをする。そしてもう一度見る。恐怖が半分、好奇心が半分だ。インクで何かが描かれた肉体がかがみこんでる。肩の上には孤のように曲がった金属の棒が見え、両端にはホイールキャップくらいの大きさの色つきプレートがはまってる。その肉体はスクワットをして立ちあがる。太腿を震わせ、息を途切れ途切れに吐き出す。何度もそれを繰り返し、徐々にゆっくり持ちあげて負荷をあげるが、ついにうめき声をあげて、バーベルを台の上へほうり投げる。

その胸と両腕は、ツバメ、スズメ、ハチドリ、フクロウ、インコ、コマドリといった鳥に覆われてる。体が動くと鳥も動き、皮膚のすぐ下の筋肉によって躍動して、したたり落ちる汗の粒が首や胸でせせらぎとなる。

サイラスは体を曲げて水のボトルをとる。その背中を見ると、折りたたまれた巨大な一対の翼が両方の上腕から肩を経由し、背骨をはさんで左右に伸びて、下へとつづいてる。それはショートパンツでいったん隠れ、太腿からふたたび現れる。羽根の一枚一枚までが美しくていねいに描かれてて、細かいところまで見てとれる。すごく真に迫ってるので、サイラスが背中をそらし、翼をひろげて飛び立つさまが想像できる。

サイラスはバーベルにさらにおもりを加え、体勢を低くしてそれを肩に載せる。体を起こそうとする。低い声を漏らす。何も起こらない。重すぎる。もう一度試みると、こんどは何ミリか動く。そしてもう一度。

両腕の血管が盛りあがり、顔に血がのぼって赤くなる。これはトレーニングなんかじゃない。自分の体をいじめてる。これは罰だ。

立ちあがれと命じても、サイラスは膝を震わせてる。よろめく。ぐらつく。倒れそうで、あたしは息を呑むけど、サイラスは踏みとどまって、痛々しいほどゆっくりとバーベルをおろす。ほんの少しそれをぶらつかせてから台に置き、長椅子に腰をおろす。両膝のあいだでうなだれる。

あたしは引き返す。のぞき魔になったみたいな気分――いや、それよりもっと悪い。泥棒みたいだ。部屋にもどって、新しいベッドにもぐりこむ。もうドアに衣装棚を押しつけはしない。

30

扉をノックすると、フェリシティ・ウィテカーが勢いよく顔を出す。ほかのだれかを待っていたにちがいない。フェリシティは驚いて甲高い声を漏らし、化粧を落とした顔を見られたかのように、無意識に顔を覆う。スウェットシャツと古びたジーンズを身につけ、スカーフで髪をまとめている。

「掃除の途中なんです」

「お邪魔してすみません」

「いいえ、どうぞ気にしないで」

そう言ってスカーフをとり、後れ毛を耳の後ろにかける。ぶらさがって派手な音を立てるタイプのアクセサリーが好みらしい。

「家事には癒しの効果もありますね」わたしは言う。「達成感を与えてくれます」

「家政婦さんがいらっしゃると思ってましたけど」

「いません」

「奥さまは？」

「いません」

フェリシティは眉をあげ、わたしは誘惑されているのではないかと迷う。まだ玄関で立たされたままだ。詫びを言いながらフェリシティは後ろへさがり、足で掃除機をどかす。わたしは半ば押しのけるようにして中へ進む。もう少し隙間を作ってくれればいいのに。キッチンのテーブルには、シリアルの箱と、ふやけたフレークのはいったボウルが並んでいる。

「けさは寝過ごしてしまって」フェリシティはそう釈明し、椅子を指さす。「お茶を淹れましょうか」

「ありがとうございます」

フェリシティは薬缶に水を入れる。ふと見ると、何枚もの絵はがきが果物の形をしたマグネットで冷蔵庫に留められている。ニューオーリンズ、シドニー、メキシコシティ、ベルリンの写真だ。

「すべて行ったことがあるんですか」

「いいえ、まさか」フェリシティは笑う。「ペンフレンドからのものです。十一歳のときからやりとりしてる相手もいるんですよ。かよってた小学校が文通を勧めてましてね。世界じゅうの子供たちとつながりました」そう話しながらテーブルを片づける。「いつか宝くじがあたったら、この全部を訪れるつもりです——世界一周の旅に出て。ばかみたいな夢なのはわかってますけど」

「そんなことはありません」

ドアの向こうの居間に目をやると、背の高い若い男がエレクトリック・ギターを膝に載せている。ヘッドフォンをつけ、指をフレットボードの上ですばやく踊らせている。自分だけのための曲を作っているらしい。

少女がその太腿に頭をくっつけて寝そべり、携帯電話を見つめている。

「長男のエイデンです」フェリシティが笑顔で言う。「いっしょにいる子はソフィーだと思うけど、ちがうかもしれません。エイデンを慰めに来てくれてるんです。ジョディが死んでから、うちの子たちは人気者になったようね」きまり悪そうにわたしを見る。「ひどいことを言うと思われるでしょうけど」

エイデンはギターを傾け、頭を揺らして徐々に興奮していく。

「バンドをやっているんですか」

「いいえ！　とんでもない」フェリシティは笑う。「あの子は来年からケンブリッジで法律を学ぶ予定です。奨学金をもらえることになりました。全額支給されます」

「それはすばらしい」

「ええ、ほんとうに。誇りに思ってますよ」

フェリシティは戸棚をあけ、何かを見つけようとしている。やがて、ビスケットの箱を取り出す。子供たちに見つからないよう、ケーキの焼き型やタッパーウェアの裏に隠していたのだ。

「ここから脱出するのは簡単じゃありません。エイデンの友達のほとんどは、学校を出たとたんに失業手当のお世話になるか、コールセンターやチェーンの雑貨店で未来のない仕事に就きます。女の子を妊娠させたり、退屈のあまり早すぎる結婚をしたり、やむなく家業を継いだりして、ああはなるまいと思っていた人生を突き進むんですよ。うちのエイデンはちがいます。弁護士になってロンドンの有名な法律事務所で働き、ハムステッドに家を建ててイタリアに別荘を持つんです」

「なんだかすべてあなたの計画どおりのようですね」

フェリシティは声をあげて笑う。イヤリングが揺れる。

「ブライアンさんとはどこで出会ったんですか」

「スケート場です。わたしが転んで、ブライアンが助けてくれました。陳腐な話でしょう？　わたしの十九歳の誕生日でした。女友達といっしょだったんですけど、ブライアンがわたしの腰を抱いていっしょに滑ってくれた瞬間、友達のことは頭からすっかり消え去りました。トービルとディーンになったような気分で」

「ブライアンさんはまだ現役の選手だったんですか」

「しばらくはそうでしたけど、トップクラスを狙うための後援を受けられなくて。そこでコーチに転身しました。ブライアンがジョディに滑り方を教えたんです。あの子はすぐに上達して、まるで……」適切なことばを探す。「ペンギンは滑るんでしょうか」

「わかりません」

「とにかく、あの子には生まれつきの才能がありました」

フェリシティはビスケットの箱をあけて、中身を皿に並べる。「フィギュアスケートは美しく優雅なものだと世間では思われていますけど、たくましくないと生き残れません。怪我。転倒。試合に負けたときのジョディは荒れ放題になることがありました。自分以外の全員を悪者にして……審判も……ブライアンも……母親も」

ふたつのマグカップにはいったティーバッグを小さく振る。

「義姉はまさに聖人です。マギーが最後に新しい服を買ったり、休みをとったり、髪を整えたりしたのはいつだったか。でも、ジョディはいつも新しい衣装をつけていました。スケート靴は一足千ポンドはかかり、毎年新調しなくてはいけません。ほかにもバレエや体操のレッスンとか整体師や振付師への謝礼とか。ブライアンのコーチ料は無料でしたけど、それでも莫大な費用がかかっていたはずです」

フェリシティは髪を耳にかける。すぐに落ちて頬にかかる。

エイデンが居間から声をあげる。「ねえ、お母さん、レッドブルを持ってきて」

「自分でとりなさい。お客さんがいるの」

エイデンはふてくされたような声を漏らし、キッチンにやってくる。近くで姿を見るのははじめてだ。男女どちらにも見える顔立ちで、直線と鋭角を組み合わせた造作のなかで、大きな瞳と、まばたくたびに頬をかすめる長いまつ毛が目を引く。そのせいで、中性的な妖しい美しさが具わっている。

「こちらはサイラス・ヘイヴンさん」フェリシティが言う。「警察に協力なさってるそうよ」

「探偵さんですか」

「臨床心理士です」

「よろしく」エイデンは挨拶するが、握手を求めようとはしない。かわりに冷蔵庫からレッドブルの缶を出し、ソファーにもどってギターを手にする。その膝に、横から女の子が自分の脚を載せようとする。エイデンは脚を押しのける。女の子はエイデンの首筋に自分の鼻をこすりつけようとするが、エイデンは興味を示さない。とうとう彼女は携帯電話を手にとり、ソファーの反対側で退屈そうに体をまるめる。

フェリシティは向きなおり、マグカップを手で包んで、上からそっと息を吹きかける。

「わたしはジョディが成功すると信じてました。人生で何かを成しとげるはずだと。スケートで華々しくオリンピックに出場し、名声とお金を手にするだろうと」

「スケートはお金になるんですか」

「ええ、もちろん。テレビの解説者にもなれますし、ラスヴェガスの〈ディズニー・オン・アイス〉で踊ることも、BBCの〈ストリクトリー・カム・ダンシング〉に出ることもできます。もしわたしにあの子の十分の一の才能でもあれば……」

フェリシティは言い終えなかったが、声に後悔のような響きがある。

「あなたの夢はなんだったんですか」

フェリシティはさびしげな笑みを浮かべる。「大きな夢があったわけじゃありません。ブリティッシュ・エアウェイズのフライトアテンダントになりたいと考えたこともありましたが、そのころブライアンに会ったんです。ふたりとも子供がほしかったんですけど、思ってたほど簡単じゃなくて」

「というと？」

「なかなか妊娠しなかったんです。体外受精に貯金を使い果たしてしまいました。そのころもう、マギーはフィリックスを産んでいて、自分が落ちこぼれになった気がしたものです。キャリアがなくて、子供も産めないなんて」

「その後は？」

フェリシティは居間へ目をやった。「エイデンを授かったんですよ。神さまからのお恵みです。心底ほっとしました。パーティーなんかで、女の人から仕事を尋ねられると、専業主婦であることに引け目を感じることもあります。でも、わたしにはこれが向いてるんですよ。何もかも望みどおり。じゅうぶんです」

そのことばを断ち切るかのように、冷蔵庫が息を吹き返して音を立てる。

「ジョディについて話をうかがいたいんですが」

「もう警察は犯人を捕まえたんでしょう？」

「まだ立件の準備をしている段階です」

フェリシティはうなずく。

「あなたは彼女の成長を見守ってきた」

「第二の母親みたいなものでした」

「どんな少女でしたか」

「すばらしい子でした」

すばらしいとか、宝物とか、お姫さまとか、そんなことばはなんの意味もない。必要なのはほかの情報だ。早熟で向こう見ずで傲慢だったのか。物静かで引っ込み思案だったのか、それとも自意識過剰だったのか。

「うちのタズミンにとてもよくしてくれました」フェリシティは言う。

「どんなふうに？」

「女の子はひどく意地悪になったりするでしょう。タズミンは六年生のときからいじめられてました。理由は訊かないでくださいね。あの子は特にかわいいわけじゃないし、快活でも人付き合いが上手でもない――ダンスの先生は、発表会のときいつもあの子を後ろの列に隠そうとしました――でも、心のやさしい子なんです」

声がかすれてきて、フェリシティは砂糖を入れたのかどうかをたしかめるかのように紅茶を見つめる。

「ジョディはいじめっ子たちに立ち向かってくれました。ジョディのおかげで、タズミンはみんなの輪にはいれたんです」

「タズミンと話をさせてもらえますか」

フェリシティは天井を見あげる。「上の階にいます。女の子たちが学校の帰りに寄ってくれたもので。花を持ってきてくれました」カーネーションが花瓶に乱雑に活けられているのに気づく。「ほんとうに皮肉ね」

「何がですか」

「タズミンを仲間はずれにした子たちが、いまでは親友ぶってる。わたしだってそれくらいはわかります。いまごろ上では、タズミンに根掘り葉掘り尋ねて、事情通になろうとしてるはず」

あたかも鐘で招集されたかのように、階上から駆けおりてくる足音が聞こえる。三人の少女が現れる。

「お腹空いた」タズミンがそう言って、ビスケットに手を伸ばす。フェリシティがその手を叩いて払いのける。「お客さまのぶんよ」

「あたしにだってお客さまがいるよ」

「クランペットを焼いてもいいけど」

タズミンは期待をこめた目を友達に向けるが、反応は怪しい。

フェリシティはフルーツがはいったボウルを指さす。「リンゴもあるし、バナナもそろそろ食べないと」

「茶色くなってる」タズミンが言う。

「味は同じよ」

タズミンの仲間で背が高いほうの少女は、体にぴったりしたトップスに短いデニムのスカートといういでたちだ。廊下でうろうろしてエイデンの気を引こうとしているが、エイデンは顔をあげない。

「こんにちは、エイデン」ようやく声をかける。

「やあ、ブリアンナ」エイデンは返事をするが、ちらりと彼女を見て、またすぐにギターにもどる。

ソファーにいる女の子が顔をあげ、ブリアンナをにらみつける。

「こちらはドクター・ヘイヴン」フェリシティが言う。「警察のお手伝いをなさってるんだって。ジョディについて訊きたいことがあるそうよ」

ブリアンナはすぐさまエイデンのことを忘れ、わたしに関心を向ける。

「探偵さん？」

「臨床心理士だ」

「わたしはオリーヴ」もうひとりの女の子が仲間に加わろうと口を開く。人形のような瞳に、肩にかかる長い金髪の巻き毛。どちらもタズミンより美人で、ふたりに囲まれたタズミンは過敏になっている。

「ジョディは友達が多いほうだった？　それとも、少人数とじっくり付き合うほうだった？」わたしは尋ねる。

「あたしたち、ジョディの親友でした」ブリアンナが答える。いかにも女王タイプだ。

「ジョディはリーダーになるタイプだったか、それとも、あとをついていくタイプだったか、どうかな」

三人は困惑する。質問がよくなかったらしい。やりなおしだ。

「最新のファッションを真っ先に身につけるのはだれかな」

「あたし」ブリアンナが言う。

「わかった。じゃあ、とんでもないことをやれって言われたとき、勇気を出して真っ先にやってみるのはだれ？」

「ジョディ」タズミンがはじめて口を開く。

「じゃあ、週末の予定を決めるとき、だれがアイディアを出す？」

「ジョディ」またタズミンが答える。

「ジョディはどんなことをするのが好きだった？」

「すごくスケートが上手だったんです」オリーヴが答える。口をはさみたくなったようだ。

「へっ！　そんなの、みんな知ってるよ」ブリアンナが言う。

「ほかには？」

「ダンスも好きでした」オリーヴが言う。しょんぼりしている。

「そうね、ダンスもしてた」ブリアンナが言う。「レッスンも受けてたよね」ふたりがタズミンを見ると、タズミンはうなずく。

「どんな食べ物が好きだったのかな」わたしは尋ねる。

「ピザとチョコレート・ブラウニーとフルーツのスムージー」ブリアンナが答える。どう見ても適当に並べている。

「ピザを食べちゃだめと言われていたはずよ」フェリシティが言う。「マギーがきびしく食事を制限していたから」

「ときどきピザを食べてたよ」タズミンが言い返す。「マギーおばさんがいないときに」

「ほかにどんなことをこっそりしていたのかな」わたしは訊く。

三人は視線を交わす。どこまで話したらいいかわからないようだ。

「交際相手はいた？」

「トビー・リース」ブリアンナが答える。「十二年生の」

タズミンが首を左右に振る。「ジョディはトビーのことをヤリチン野郎だって言ってた」

「なんですって?」フェリシティが尋ねる。

タズミンは顔を赤らめ、床へ視線を落とす。

「あのことしか頭にないやつのことだよ」ブリアンナが説明して、オリーヴをつつく。

「ジョディとトビーは付き合っていたのかな」

「前はデートしてた」

「一度だけだよ」タズミンが反論する。

「一度じゃないよ……最初シェリー・ポラードのパーティーで見て、それからグース・フェアでも見たもん」

「映画館でもね」オリーヴが付け足す。「〈インフィニティ・ウォー〉を観にいったとき」

「トビーは花火にも来ていたのか」わたしが尋ねる。

全員がうなずく。

「ジョディはトビーと話をした?」

タズミンがためらう。「トビーがからんでたんです。ジョディのトートバッグをとって、返そうとしなかった」

「で、ジョディは?」

「トビーの顔を平手打ちしたんだけど、トビーはただ笑ってました。そのときパトリック神父が来たんです」

「パトリック神父?」

「この教区の管理司祭です」フェリシティが説明する。

「パトリック神父がトビーにバッグを返せと言いました」タズミンが話す。

「ほかにもジョディが話した相手はいる?」

「たくさん。ひと晩じゅう、みんなジョディのところに寄ってきました」

「どうして?」

タズミンは肩をすくめる。

ブリアンナはオリーヴに向かってにやりと笑う。内輪の冗談があるらしい。

わたしはタズミンに集中する。「どうしてジョディは花火を見るのをやめたのかな」

「だれかからメッセージが届いて、もう行かなくちゃってジョディが言ったんです」

「だれから?」

「知りません」

「ジョディが携帯電話をもうひとつ持っていたのは聞いていたかな」

「いいえ」

「きみが警察に語った話では、ジョディはフィッシュ・アンド・チップスを買いにいくって言ったんだよね」

「ジョディはそう言いました」

「携帯電話をふたつ持っていたのは知らなかった？」

タズミンは答えない。

「ジョディはだれかと会う約束をしたんだろうか」

「たぶん」

「新しい恋人？」

タズミンは暗い顔になり、すがるような目で母親を見る。「ジョディのパジャマを枕もとに置いたんです。すぐにうちに帰ってくると思ったから。でも来なかった」下唇が震える。

「目を覚ましてベッドが空っぽなのに気づいたとき、どう思った？」

タズミンは何かを口にしかけたが、フェリシティが話に割りこむ。「自分の家に帰ったんだと思いました」

「きみもそう思った？」わたしはタズミンに尋ねる。

タズミンはうなずく。

「ジョディを探した？」

「はい」

「どこを？」

タズミンが口を開いて閉じる。大きく息を吸う。両手を見つめる。「トビーの家へ行きました。ジョディがいるかもしれないから……」

「でも、ジョディはトビーが好きじゃなかったと言ってたね」

「きらいなところもあったけど、でもまだちょっと好きだったと思う」

「で、トビーに会った？」

タズミンは肩をすくめてつぶやく。「ほかの子といっしょにいました」

「ヤリチンだもん」ブリアンナが声をひそめて言う。

「どこへ行けばトビー・リースに会える？」

「スケート場。いっつもそこにいるから」ブリアンナが言う。

オリーヴがまるで教室にいるかのように手をあげる。「ジョディはレイプされたんですか？　だから……」ことばにつまる。

「なぜそんなことを訊くんだ」

オリーヴは気弱になって頭を振る。

フェリシティの態度があからさまに冷たくなる。「この子たちにそんなことまで知らせなくてもいいのに」

「警察はジョディの学校のロッカーからコンドームも見つけた」わたしは言う。

「そりゃそうよ」ブリアンナがいたずらっぽく笑って言う。「やらせてあげなきゃ、トビーみたいなやつと付き合えないもん」

「お願いだから、ジョディのことをそんなふうに言わないで」フェリシティが言う。

「ほんとのことを言ってるだけだよ」ブリアンナは口をとがらせる。

「あなたたち、もう帰りなさい」

「えー」タズミンが文句を言う。

「そろそろ帰る時間でしょ」

ブリアンナは髪を掻きあげる。「帰ろう、オリーヴ。ここにいると、うんざりする」ふたりは廊下に出るが、ブリアンナはどうしても去る前に一撃を放ってやろうと、わたしを見据える。「みんなでジョディをディズニー映画のお姫さまみたいに無邪気で純粋な子に仕立ててる。あの子のお兄さんに訊いてみればいいのよ」

「なぜだ」

ブリアンナはまた笑い、また髪を掻きあげる。わたしは十四歳にもどった気分だ。歯には矯正具をはめ、頬にはにきびがある。ぶざまな自分の姿が、マジック・エイト・ボールをのぞきこんだように目の前に映し出される。

31

外に出ると、少女たちはすでに姿を消している。あの子たちの挑発するような態度や、ひそかにつつき合うしぐさは、どの程度までわたしに痛手を与えようと計算したものだったのだろうか。あれくらいの年ごろだったとき、わたしは女の子に恐れをいだいていた。女の子のほうがはるかに自覚と自信を具えていると感じられたからだ。彼女たちが軽く肩をすくめたり、上唇をゆがめたり、髪を掻きあげたりするだけで、こちらはすっかり打ちのめされた。

中でも、カレン・ハインズは最も恐ろしい存在だった。家族があの事件に遭ったあと、同級生のほとんどは同情を示してくれたが、カレンは事あるごとにわたしをあざけって侮辱した。悲劇の名声を手に入れたわたしに嫌悪を募らせていた。成長ホルモンの仕業だとか、家庭に問題があったとか、大学進学を控えた時期によくあるなどと、その理由を推測してみるが、やはりカレンの邪悪さのせいとしか思えず、いまでも彼女が憎いという事実をわたしは憎んでいる。

シルバーデール・ウォークへの道を再度たどりながら、橋を渡って分かれ道を左へ進み、牧草地と路面電車の線路を越えてフォーサイス・アカデミーの角に出る。アスファルトの小道はところどころ表面が崩れ、落ち葉が積もっている場所もある。

十分後、クリフトンに到着する――周囲よりは少しばかり栄えていて、手入れの行き届いた庭や新しい車が並び、打ち捨てられたスーパーマーケットのカートはほとんど目につかない。左にひろがる学校の校庭に沿って、ファーンボロ・ストリートを進むと、クリフトン・スケート・パークの看板にたどり着く。若者が十人ばかりスケートボードに乗り、コンクリート造りの傾斜や曲がる壁やジャンプ台の上を走っている。薬草のようなにおいが漂う。ひとりの少年がしおれたマリファナ煙草を吸いながら、不快そうにわたしを見る。仲間と同じく、ゆるいジーンズにスウェットシャツに野球帽という非公式の「制服」を身につけている。

わたしはいちばん近くにいるグループに近づく。少女がひとり。少年が四人。

「トビー・リースを探しているんだ」

「で、あんた、だれ?」少女が尋ねる。先んじることで、自分がここを仕切っていることを示したいようだ。

ひとりの少年が豚のように鼻を鳴らす。仲間たちが笑うが、ひとりが振り向いて目配せをする。トビー・リースは近くにいるにちがいない。もうひとつのグループは、何列もレーンが並ぶトラックをモトクロスバイクで疾走し、コンクリートのジャンプ台を跳び越えている。

「どれがトビーだ」

少女は口笛を吹く。スケートボードが宙を舞って各自の手におさまり、モトクロスバイクがそれぞれの脚に立てかけられる。ヘルメットも帽子もかぶらず、ほかの連中よりも鼻っ柱が強そうな少年が、おそらくトビーだろう。その少年は合図を無視してペダルを強く踏み、ほぼ垂直に斜面を駆けおりたあと、平らな底面で加速し、ジャンプするたびに空高く浮遊する。遠く離れた地面におりると、急斜面を突進して空中で旋回し、五十メートル先にある斜面の頂に、前後の車輪をそろえて着地する。

「話をしてもいいかな」わたしは叫ぶ。

「レポーターか？」

「臨床心理士だ」

「おれの心に問題があるとでも？」

「警察に協力している」

「あいつらにはもう話したよ」

「なら、答に困ることはないだろう」わたしは垂直に近い斜面の上を見あげる。「こちらに来てくれると助かるんだが」

「ここからでも聞こえるさ」

「ジョディはきみの恋人だったと聞いた」

「恋人なんかいない」

「じゃあ、元恋人かな」

トビーは無表情でこちらを見る。「パーティーのときに指でイカしてやったからといって、結婚の約束をしたわけじゃない」

仲間たちが笑う。トビーは手で髪を掻きあげて耳の後ろに流す。薄笑いを浮かべる。

「殺された女の子の話をしているんだぞ」わたしは言う。トビーの虚勢がしぼむのがわかる。「まだ十五歳だったんだ。未成年だよ」

「十六歳だろ」

「いや、ちがう」

トビーは肩をすくめる。さっきまでの自信が影をひそめている。

ペダルを踏みしめ、両輪でバランスを調整して体重を前にかけたトビーは、わたしの立っているところに目標を定めて一直線に駆けおりる。斜面の端から飛び出し、空中でバイクを止める。わたしの顔までほんの数インチしかない。

こちらを試している。わたしは微動だにしない。

「いったい何を聞きたいんだよ」トビーはつぶやく。

「あの花火のとき、ジョディを見かけただろう」

「だから?」

「きみはジョディにからんだ。ジョディはきみの顔をひっぱたいた」

「へえ! だれがそんな嘘をあんたに吹きこんだんだ」

「あとで会う約束をしたのか」

「いや」

「メッセージを送ったのか」

「いや」

「車に乗せたのか」

「あんた、耳が聞こえないのか?」

「目撃者がいるんだ、トビー。ジョディといっしょにいるところを見られている。きみは彼女のバッグを取りあげた。そして叩かれた」

「ああ、ジョディに会ったさ。だからどうした?」

「サウスチャーチ・ドライブにあるフィッシュ・アンド・チップスの店を出たところで、きみはもう一度ジョディに出くわしたはずだ。ジョディはきみが持っていた缶ビールを叩き落とした」

トビーは答えない。

「何を言ってそんなに怒らせたんだ」

トビーは全体重をかけてハンドルにもたれかかっている。バイクを粉々にするか地面に沈めんばかりだ。

「酔っぱらってたんだよ。おれのもとにもどってこいと言った。そりゃ、ちょっと乱暴だったかもしれないけど」トビーは悲しげに目をしばたたいてわたしを見る。「そんなつもりはなかったんだ。あんなことするんじゃなかった」

32 エンジェル・フェイス

張り出し窓の前に立って、カーテンの隙間から外をながめる。たくさんの人が道路を行き来してる。学校へ連れていかれる子供たち。箒と手押し車をつかんだ道路清掃人。カートを押す郵便配達員。

朝食から数えて三本目の缶入りレモネードを飲む。糖分が染み渡って気持ちいい。なんでそんなに飲むかって？　だって、飲んでもいいから。ビールだって飲んでいい。スコッチ・ウイスキーを飲んでもかまわない。そう思い、蓋をあけてにおいを嗅いだら、吐きそうになった。

けさサイラスが出ていくと、あたしは玄関の扉を開けて外へ出た。二回。

外。

中。

外。

中。

それからすぐに鍵とチェーンをかけ、家の奥まではいって、すべての窓を閉めた。カーテンを引き、ブラインドをおろした。ひさしや天井の隅のくぼみも調べ、監視カメラなんかどこにもないとサイラスが言ってたのは嘘じゃなかったって、そのときあらためて思った。

いま、チョコレートビスケットの箱をあけ、家じゅうの探索をはじめる。まずはサイラスのトレーニングルームがある地下だ。きのうの夜にサイラスが使ってたタオルは、まだ乾いてない。バーベルを指でつかみ、両手で台から持ちあげようとするけど、びくともしない。片側だけでも引きあげようとする。それでも動かない。

居間へ行ってテレビをつけ、リモコンを手にとる。チャンネルはこれだけだろうか。衛星放送やケーブルテレビは観られないのか。隣は図書室だ。なんでこんなにたくさんの本が必要なのか。サイラスは全部読んだのか。茶色の革で綴じられた分厚い本を一冊抜き出すと、背には『ブリタニカ』と書いてある。囲み記事や図がいっぱいで、絵のついた辞書って感じだ。

ページをめくり、一語一語を声に出して読む。

アニー・オークリー、本名フィービー・アン・モーズィー（誕生――一八六〇年八月十三日、アメリカのオハイオ州ダーク郡。死去――一九二六年十一月三日、オハイオ州グリーンヴィル）。アメリカの射撃の名手で、バッファロー・ビルの〈ワイルド・ウェスト・ショー〉で活躍した女性。「百発百中少女」などと呼ばれる。

別のページをめくる。

ジョージ・M・プルマン、正式名ジョージ・モーティマー・プルマン（誕生――一八三一年三月三日、アメリカのニューヨーク州ブロクトン。死去――一八九七年十月十九日、シカゴ）。アメリカの実業家で、プルマン・スリーピング・カーと呼ばれる寝台つきの豪華客車を考案した。

この『ブリタニカ』という本があまりにもたくさんあるから、だれものことが書いてあるんじゃないかって気がする。ほかの名前を探してみる。サイラス・ヘイヴン、アダム・ガスリー、テリー・ボーランド。でも、この名前についての記事はない。

図書室にはつやつやした木の机があり、両側にはいくつもの抽斗、上には曲がりくねったランプがある。体の重みで革の椅子が音を立てる。ペンを手にとり、親指で押してペン先を出し入れする。支払い予定の請求書が山積みだ。電気。ガス。インターネット。銀行の通帳を見ると、口座には千二百六十二ポンドある。苗字はふたつつながってて、ヘイヴン＝サイクスと書いてあるけど、サイラスが使ってるのはヘイヴンだけだ。

ふくらんだ封筒があったから、揺すって中身を机の上にぶちまける。プラスチックのケースにはいったDVDが六枚で、どれもノッティンガムシャー警察とスタンプされてる。そのうちのひとつを開けてラベルを読む。数と日付、それにクレイグ・ファーリーという名前。部屋の隅にあるDVDプレイヤーを見やってから、全部をもとにもどす。

一階を調べ終わったので、階段をのぼって寝室へ行く。くしゃくしゃのシーツや上掛けがベッドの上に投げ出してある。サイラスがベッドに横たわり、片方の手を胸にあてて、もう片方の手で目を覆ってる姿を想像する。ひとつひとつのタトゥーについて訊いてみたい。どういう意味？　痛かった？　痛いのが好きなの？

クロゼットをあける。ジーンズが四本、シャツが六枚、セーターが二枚、ヴェストが一枚、紺のブレザーが一着、そしてドライクリーニングのビニール袋にはいった黒いスーツが一式。シャツのうち一枚はデニム生地で、ボタンのかわりにスタッズがついてる。あたしはそのシャツを着て袖をまくる。似合ってる——ジャケットみたいだ。

靴下専用の抽斗や、Tシャツとランニングパンツだけの抽斗もある。靴は四足で、そのなかにはハイキング用のブーツもある。履いてみると、父親の靴に足を入れた子供みたいな気分になる。でも、自分でそんなことをしたかどうかは覚えてない。父さんの記憶はほとんどない――暖炉のそばの肘掛け椅子にすわってた男の人、というだけ。その膝の上にすわったり、本を読んでくれるのを聞いたり。「ちゃんと髪を磨いて、歯を梳かしたか？」父さんが尋ねる。毎晩のおなじみの冗談だ。ちくちくする顎をあたしの頬にこすりつけたものだ。母さんのことはもっとはっきり覚えてるけど、その記憶も薄れはじめ、隅からほころびていって、サイラスの部屋の古びたカーペットみたいに色や細かい模様が消えていく。

たったひとつの思い出の品――鼈甲のボタン。母さんのお気に入りのコートのボタンだ。それは襟の部分に毛皮のついた真っ赤なコートで、母さんは特別な日にしか着なかった。最後に姿を見た日にも着ていた。あたしは離れたくなかった。母さんにしがみつくと、ボタンがちぎれて自分の手に残った。そのとき、母さんに向かって叫んだ。いまもここにいてくれたらと思う。あたしはボタンを握りしめる。心から信じてれば、いつかこのボタンが母さんを呼びもどすかもしれない。

部屋をもとにもどしてからバスルームに行き、流し台の上の棚を調べる。広口瓶やボトルをあけて、においを嗅ぐ。錠剤や薬はないけど、コンドームがある――ひと箱まるごと、未開封のままだ。棚を閉めて鏡を見る。いやなものが映ってる。ぱさぱさのまっすぐな髪。端のさがった口。分厚い下唇。鼻にできたにきび。とがった耳。がりがりの脚。全部大きらい。

玄関のベルが鳴る。心臓が跳ねあがる。

下へおりて、玄関で待つ。もう一度ベルが鳴る。あたしはのぞき穴から見る。安っぽいスーツを着たふたりの若い男がいる。あたしと同じくらいの歳だ。ほんの数センチだけ扉をあける。

「こんにちは、はじめまして」ひとりが明るい声で言う。「なんとすてきな古いお屋敷だろう」皮肉じゃないらしい。「神さまを信じますか」

「信じない」

「あなたの信じるものは何ですか」

「なんにも」

「イエス・キリストについて、くわしくご存じですか」

「あんたたち、何者？」

「末日聖徒イエス・キリスト教会の者です。イエス・キリストからのメッセージをお伝えするために参りました。わたくしの名前はエルダー・グリムショーで、こちらがエルダー・グリーンです」

「ややこしくない？　どっちもエルダーなんて」

「わたくしたちは宣教師です」

「宣教師って貧しい国へ行って働くもんじゃないの」

「いいえ、どこへでも参ります。わたくしたちが経験したことをお伝えしましょう。イエス・キリストの愛の恵みのもと、他人を助けることによって平安と満足を得ることができると信じているからです。もっとお知りになりたいですか」

「いいえ」

「分かち合うために来たのです」

「あたしの頭のなかを変えたいんだろ？　そんなの、分かち合いじゃないんだよ」

ふたりのモルモン教徒は目を見交わす。あたしはドアに片足をかけ、思いっきり閉めてやろうと身構える。だまっている男は相棒が事を進めるのを待っている。

あたしは話していた男を見つめる。「あんた、ほんとうに神さまがいるって信じてるの？」

「心の底から」

「ちがうね。あんたの仲間は本気だけど、あんたはそこまでじゃないでしょ。心の底から信じることができたら、また来なよ」

あたしはドアを閉めて階段をのぼり、家の探索をつづける。最上階の部屋は立入禁止だって、サイラスから言われてる。あの人の戦略ミスだ。そんな誘いに乗らない人間なんて、どこにいる？

ほとんどの部屋に、古い家具、巻かれたカーペット、雑誌や楽譜や写真の詰まった箱がある。何代の人がこの家に住んだんだろうか。どれだけの人が死んだのか。

この家のさびしさが体に染み入って、サイラスの帰りが待ち遠しい。あたしが仮面の奥で何を考えてるのか、サイラスが知りたがってるとしても。あたしの脳みそを絞って、中身をさらけ出したいと思ってるとしても。

屋根裏部屋を調べたあと、汚れた小さい窓の前に立って外をながめる。ほとんど人気のない通り、向かいに並ぶ家、停まってる車の列、遠くで連なる屋根。歩道では女の人がベビーカーを押し、その横を自転車に乗った人が通り過ぎる。

背後のどこからか、テリーが警告する声が聞こえる。

「だれにも自分の正体を明かすんじゃないぞ」

「言わないよ」

「約束しろ」
「約束する」

（下巻へ続く）

©by RED GIRL PRODUCTIONS LTD
International copyright secured. All rights reserved.
Rights for Japan administered by PEERMUSIC K.K.

"WANNABE"
Victoria Beckham / Melanie Brown / Emma Bunton / Melanie Chisholm / Geri Halliwell / Matthew Paul Rowbottom / Richard Stannard © EMI Music Publishing (WP) Ltd The rights for Japan licensed to EMI Music Publishing Japan Ltd.
© Concord Sounds
The rights for Japan licensed to Sony Music Publishing (Japan) Inc.

"I WANT TO BE YOUR LOVER"
Words & Music by Arlene Aleese Simmons
© Copyright by LISANDREA MUSIC / DONESHA MUSIC / UNIVERSAL MUSIC CORP.
All Rights Reserved. International Copyright Secured.
Print rights for Japan controlled by Shinko Music Entertainment Co., Ltd.

"MISERY IS THE RIVER OF THE WORLD"

Words and Music by Tom Waits/Kathleen Brennan

©by JALMA MUSIC

Rights for Japan assigned to Watanabe Music Publishing Co., Ltd.

"SORROW"

Words & Music by BOB FELDMAN, JERRY GOLDSTEIN and RICHARD D. GOTTEHRER

©1965 (Renewed 1993) EMI UNITED PARTNERSHIP LTD.

All Rights Reserved.

Print rights for Japan administered by Yamaha Music Entertainment Holdings, Inc.

"PAPA WAS A ROLLIN' STONE"

Words & Music by Norman Whitfield and Barrett Strong

©1972 STONE DIAMOND MUSIC CORP.

Permission granted by EMI Music Publishing Japan Ltd.

Authorized for sale only in Japan.

"WANNABE"

Words & Music by Victoria Aadams, Melanie Brown, Emma Bunton, Melanie Chisholm, Matt Rowe, Geri Halliwell and Richard Stannard

©Copyright 1994 by UNIVERSAL MUSIC PUBLISHING LTD.

All Rights Reserved. International Copyright Secured.

Print rights for Japan controlled by Shinko Music Entertainment Co., Ltd.

"WANNABE"

Words & Music by Melanie Chisholm, Victoria Aadams, Melanie Brown, Emma Bunton,Geri Halliwell, Matthew Row Bottom & Richard Stannard

訳者略歴　1961年生，東京大学文学部国文科卒，翻訳家　訳書『生か、死か』ロボサム，『氷の闇を越えて〔新版〕』『解錠師』ハミルトン，『九尾の猫〔新訳版〕』『十日間の不思議〔新訳版〕』クイーン（以上早川書房刊）他多数

HM=Hayakawa Mystery
SF=Science Fiction
JA=Japanese Author
NV=Novel
NF=Nonfiction
FT=Fantasy

天使と嘘〔上〕

〈HM㊶-3〉

二〇二一年六月二十五日　発行
二〇二一年八月二十五日　二刷

（定価はカバーに表示してあります）

著者　マイケル・ロボサム
訳者　越前敏弥
発行者　早川浩
発行所　株式会社　早川書房

郵便番号　一〇一 - 〇〇四六
東京都千代田区神田多町二ノ二
電話　〇三 - 三二五二 - 三一一一
振替　〇〇一六〇 - 三 - 四七七九九
https://www.hayakawa-online.co.jp

乱丁・落丁本は小社制作部宛お送り下さい。
送料小社負担にてお取りかえいたします。

印刷・星野精版印刷株式会社　製本・株式会社明光社
JASRAC 出 2104470-102　Printed and bound in Japan
ISBN978-4-15-183253-6 C0197

本書のコピー、スキャン、デジタル化等の無断複製は著作権法上の例外を除き禁じられています。

本書は活字が大きく読みやすい〈トールサイズ〉です。